성북동 아버지

성북동 아버지

장은아 장편소설

문이당

추천사

김주연 (문학평론가)

　세상에 사랑은 없다. 사람들에게는 사랑의 능력이 없어 보인다. 무엇보다 사랑하는 사람들 사이에도 사랑은 애당초 존재하지 않는 것 같다. 부부 사이에, 부모 자식 사이에, 연인들 사이에 조차 사랑은 오늘날 보이지 않는다. 그들은 사랑하지 않고 사랑을 갈구할 뿐이다. 문학에서도 사랑은 소멸된 채, 건조하고 척박한 광야만이, 잘려나간 흑백필름처럼 뒹굴고 있다. 현대, 21세기, AI 시대 등, 광야에 붙여지고 있는 이름들도 다양하다.

　『성북동 아버지』에서, 억울할 수 있는 세상의 지탄과 불명예를 평생 소리 없이 감내하면서, 은밀하게 사랑을 실천해 나간 '성북동 아버지'는 사랑 없는 이 시대의 영웅이다. 그에게 감동과 감사를 보낸다. 아울러 그의 딸로 성장하여 온갖 역경을 버텨가며 떳떳한 사회인의 자리에 앉은 주인공 수혜가 세상으로부터 받은 고난 속에서 은혜와 사랑을 깨닫는 장면 또한 감동적이다. 사랑은 주어짐이 아니라 깨달음이다.

작가의 말

이 이야기는 수혜가 20여 년 미국에서 살다가 다시 고국을 찾으며 시작된다. 아득한 기억 저편에 있던 일들을 떠올릴 수밖에 없는 현실 앞에서 과거를 명징하게 마주하게 된 수혜는 찬찬히 그 시간을 되돌아본다. 하나의 사건 속에는 서로 다른 여러 개의 진실이 동시에 존재할 수 있다. 어쩌면 애초부터 이 세상에는 진실이 존재하지 않을 수도 있다. 이 소설을 쓰면서 눈에 보이는 것보다 보이지 않는 것에, 크게 들리는 것보다 들리지 않는 미세한 소리에 집중하려고 했다. 그곳엔 그동안 잊고 지내던, 아니 애써 외면하려 했던 지나간 상처가 있었다. 오랜 세월 원망의 대상이었던 아버지를 다시 만나면서, 이전에는 전혀 알지 못했던 새로운 진실을 마주 대하게 된 수혜는 비로소 자신의 지나온 삶을 다시 돌아볼 수 있게 된다.

서럽지 않은 인생이 과연 있을까. 세상을 살면서 내 앞에 던져지는 눈물겹고 힘에 겨운 일이 얼마나 많았던가? 하지만 생각과 관점에 따라 인생의 정의가 달라질 수 있다. 힘겨웠던 그 과정이 내 삶에 최선이었을 수 있으며, 보이지 않는 어떤 힘으로 오래전부터 계획되고 준비된 일이었을 수도 있다. 생각을 바꾸면 나를 힘들게 했던 가시밭길 여정이 새롭게 느껴질 수도 있다. 어쩌면 고통스러웠던 그 순간이 곧 축복이었고 사랑이었다는 것을 알게 될 수도 있는 것이다. 사람 사는 일이 그렇다. 사람 사는 일에는 보이는 부분보다 보이지 않는 부분이 더 많다.

Everything is happened 'for' me, not 'to' me.
내게 주어진 모든 일은 그것이 내가 바라는 환경이 아닐지라도, 내가 원하지 않는 일일지라도, 내 온전한 인생을 완성하는 데 꼭 필요한 요소일 수 있다. 견디기 힘들었던 그 시간은 누군가가 나를 위해 간절히 기도하고 뜨겁게 눈물 흘린 시간이었을 수 있다. 어쩌면 누군가가 모든 것을 내려놓은 희생과 사랑으로 인해 내게 주어진 시간일 수 있다.

나는 이 소설을 통해 세상에 버려진 모든 '수혜'들에게 당신은 버려지지 않았다고 말해주고 싶다. 당신이 만난 슬픔과 고통과 절망은 '합력하여 선을 이루기 위한' 당신 인생에 happened 'for' you. 이었다는 것을. 어쩌면 당신이 사는 그 힘겨운 나날들은 당신을 위해 기도하고 눈물 흘리고 희생을 마다하지 않은 누군가의 사랑으로 지켜진 날들이라는 것을. 이제는 우리가 받은 그 사랑을 세상에 실천해야 할 때라는 것을.

'사람'이 곧 '사랑'이라는 것을.

2021년 4월
뉴저지에서 장은아

차례

추천사

작가의 말

오래된 기억 ······ 13

기억의 첫 장 ······ 17

두렵고도 서러운 일 ······ 38

첫 만남 ······ 70

운명 ······ 90

운명의 기로 ······ 107

엇갈린 운명 ······ 120

운명의 역습 ······ 139

이별, 그리고 만남 ⋯⋯ 165

살아야 할 이유 ⋯⋯ 184

핏줄의 힘 ⋯⋯ 207

오래된 진실 1 ⋯⋯ 219

오래된 진실 2 ⋯⋯ 231

성북동 아버지 ⋯⋯ 237

아직 못 다한 이야기 ⋯⋯ 250

사람이 사랑이다 ⋯⋯ 259

오래된 기억

핏줄! 정말 핏줄의 힘이었을까.

"핏줄 아이가, 핏줄을 우예 끊겠노."

수화기 저편에서 들여오는 '핏줄'이라는 말에 하마터면 나도 모르게 전화선을 끊어낼 뻔했다. 핏줄, 나에게 핏줄이란 천형이었고, 아무리 발버둥을 쳐도 벗어날 수 없는 저주의 올가미와 같은 것이었다. 마치 전생으로부터 내려온 듯 지긋지긋한 저주의 힘, 고모 말대로 핏줄의 힘으로 나는 한국행 비행기에 몸을 실었을까. 좌석번호를 확인하고 여행 가방을 머리 위 짐칸에 밀어 넣은 후 창가 쪽 좌석에 털썩 주저앉아 무심한 눈길을 창밖에 던졌다. 어쩌면 나는 아직 꿈을 꾸고 있는 건 아닐까 하는 착각이 들었다. 언제부터인가 과거는 잊어버리고 살았다. 세월이 지워냈을까, 나의 무의식이 밀어냈을까. 잠재의식 속 깊은 수렁 속에 묻어 버린 과거는 거짓말처럼 까맣게 잊혀 오랫동안 드러나지 않았다. 다행히 나는 지긋지긋한 악몽과도 같은 오래된 기억을 떠올리지 않아도 될 만큼 안정된 삶을 살고 있었다. 내가 자란 한국을 떠나 미국에 살고 있었고, 적당히 남들만큼 평화롭고 화목한 가정을 꾸리고 있었다. 낯선 사람들 속에 섞여 드러내고 싶지 않은 기억은 애써 떠올리지 않아도 좋았다. 적어도 지난주 고모에게서 걸려온 뜻밖의 전화를 받기 전까지는 그랬다.

"그래도 핏줄 아이가, 핏줄을 우예 끊겠노. 아마케도 니가 한번 나와야 안 되것나, 느그 아부지 인자 식구들도 몬 알아본다 아이가. 엄벙덤벙하다가 느그 아부지 금방 어떻게 될까 무섭다."

다짜고짜 눈물 바람부터 하던 고모는 내 쪽에서 아무 대답도 하지 않자 한층 더 구슬픈 목소리로 톤을 높였다.

"그래, 내가 니맘을 우찌 모르것노. 섧고 설운 니맘을 내가 모르면 누가 알것노. 그래도 수혜야, 내 새끼 수혜야, 핏줄을 우예 끊을라꼬. 핏줄은 끊고 싶다꼬 끊어지는기 아이다. 낭중에 그 한을 우예 풀라꼬."

단 한 번도 나를 품어준 적이 없었던 핏줄을 나는 왜 기억해야 하는지. 나는 왜 그 핏줄에서 벗어날 수 없는 것인지. 나는 그것들을 잊은 것이 아니라 내 잠재의식의 저 밑바닥에 차곡차곡 눌러두었던 모양이다. 고모의 갑작스러운 통화가 일으킨 물결은 깊은 바다 밑바닥에서 잠자고 있던 내 기억을 하나씩 흔들어 깨워 수면 위로 띄워 올렸다. 칼날처럼 내 머리와 가슴을 마구잡이로 베어대는 오래된 기억들에 나는 아팠다. 마치 어제의 일처럼 되살아난 날카로운 기억 조각들이 핏줄을 타고 온몸을 돌며 나를 찔렀다. 사흘 낮을 울고 또 사흘 밤을 울었다. 그 후로 또 사흘쯤 죽을 만큼 앓았다. 이불을 몇 채나 겹쳐 두르고 있어도 오한이 나서 덜덜 떨었다. 차라리 죽는 게 낫겠다는 생각이 들 만큼 앓고 나서야 온몸에서 진땀이 흐르고 비로소 정신이 맑아졌다.

고모 말대로 핏줄의 힘이든 아니든, 어차피 끊어지지 않을 관계라면 아버지와 한 번은 만나고 나야 지나간 내 인생을 온전히 정리할 수 있을 것 같았다. 아무렇게나 흩어져 있는 낡은 흑백 사진들을 하나씩 사진첩에 정리하듯, 뒤죽박죽 뒤엉킨 내 지나간 시간을 하나씩 되짚으며 한 번쯤은 정리해야 할 것 같았다.

1990년 미국으로 떠나온 지 이십여 년 동안 시어머니만 몇 번 다녀가셨지 내 발로 고국을 찾는 건 처음이다. 막상 출국장 문을 빠져나오려니 가슴이 두근거렸다. 그 두근거림이 두려움에서 오는 것인지 아니면 설렘에서 오는 것인지 알 수가 없었다. 나는 잠시 걸음을 멈추고 뒤를 돌아 대합실 쪽을 내다보았다. 출국장 문을 사이에 두고 나와 눈이 마주친 정섭이 미소 띤 얼굴로 웃으며 손을 흔들고 있었다. '건강히 잘 다녀와.' 정섭은 소리 없이 입 모양으로 그렇게 말하고 있었다. 나는 고개를 끄덕였다. 그건 나에게 하는 어떤 다짐 같은 거였다. 돌아갈 자리가 있다는 건 참으로 안심이 되는 일이다. 이륙을 알리는 안내방송을 마친 여객기가 힘차게 날아오르자 갑자기 머리가 아득해지면서 현기증이 일었다. 그 바람에 눈을 감았다. 여러 날 잠을 설쳤으니 모자란 잠을 보충할 참이었다. 하지만 눈을 감자 오래전 까마득한 기억들이 하나씩 명징하게 떠오르기 시작했다.

기억의 첫 장

눈을 뜨자 작은 창문에 걸린 때 묻은 분홍색 커튼 사이로 햇살이 비쳤다. 가슴이 쿵 내려앉아 벌떡 일어나 엄마가 누워있던 이부자리부터 살폈다. 이불은 비어있었다. 마침내 엄마가 날 버리고 떠났을까, 더럭 겁이 났다.

전날, 엄마는 종일 밥도 안 먹고 이불을 뒤집어쓴 채 모로 누워서 울기만 했다. 아침나절에 동네 여편네들이 몰려와 엄마와 한바탕 드잡이하고 마당을 뒹굴며 몸싸움을 벌였을 때만 해도 엄마는 서슬이 퍼레서 이 세상에 그 누가 덤벼들어도 다 때려눕힐 기세였다. 동네 여자들과의 몸싸움은 동네 아저씨들에게 술상을 차려주고 노름 자리를 마련해주고 난 다음 날이면 으레 한 번씩 겪게 되는 일상이었다.

엄마는 남들하고 다르게 한쪽 다리를 심하게 절었기 때문에, 아무리 드세고 우악스러운 사람이라고는 해도 정상의 몸을 가진 여편네들이 여럿이 한꺼번에 덤벼드는 데는 당할 재간이 없었다. 그래서 여자들은 언제나 여럿이 한꺼번에 떼로 몰려와 덤비는지도 몰랐다. 한바탕 싸움질을 하고 나면 머리털은 죄 잡아 뜯기고 코피가 터지든지 입술이 찢어지든 하다못해 눈이라도 한쪽 시퍼렇게 멍이 들기 일쑤였다. 허구한 날 엄마의 그런 몰골을 보는 건 나에게도 참으로 고통스러운 일이었다. 그러고 나면 엄마는 한 번씩 이불을 쓰고 누워서 눈물 바람을 했다. 그런 날이면 '나를 버리고 도망가 버리겠다'는 말로 나를 겁 주곤 했다. 엄마 없이 어떻게 살지 막막한 나로서는 그 말이 그렇게 두려울 수가 없었다. 엄마가 나를 두고 달아나 버릴 수 있다는 생각은 언제나 나를 괴롭혔고 실제로 엄마가 나를 두고 떠나는 악몽에 시달린 적도 여러 번이었다.

동네 여자들이 말 한대로 엄마가 작정하고 그녀들의 사내를 꼬여낸 것은 아니었다. 어차피 그녀들에게 그런 건 중요하지 않았겠지만. 여자들에겐 그냥 화풀이의 대상이 필요했고 사북에서 엄마만큼 만만한 화풀이 대상도 없었을 터였다. 여편네들은 아귀 떼처럼 달려들어 엄마를 물고 뜯고 몰매를 때렸다. 엄마가 교태를 부려 자기네 서방들을 후리고 술에 취한 그들에게서 돈을 뜯어낸다는 이유였다. 아주 틀린 말은 아니었지만 구태여 그녀들 앞에서 변명하거나 용서를 빌지는 않았다. 먼저 부탁을 해오는 건 언제나 아저씨들 쪽이었다. 아무도 알아주지는 않았지만 적어도 엄마는 그런 도리는 지킬 줄 아는 여자였다.

"수애네, 오늘 저녁에 막걸리 한 상 봐줘, 잉? 두부찌개에 노채(메밀) 부치미 좀 부치고."

역장님이나 역무원인 한구 아버지, 아니면 이장님이 한 번씩 부탁하면 엄마는 신이 나서 엉덩이를 흔들며 돼지고기를 조금 사고, 막걸리를 받아와서 간 노채에 김치와 돼지고기를 넉넉히 섞어 전을 부치고, 두부를 툼벙툼벙 썰어 넣고 보글보글 찌개를 끓여 상에 올렸다. 엄마는 그저 밤이 늦도록 남자들이 술상에 둘러앉아 노닥거리는 동안 윗목 한쪽에 앉아 졸고 있는 게 일이었다. 그러다가 짓궂은 사내들 성화에 못 이겨 한 번씩 젓가락을 두드리며 노래를 불러주는 정도였다. 그렇게 한 번씩 술상을 봐주면 그들은 밤이 깊도록 술을 마시며 놀다가 어지간히 취하면 한 쪽에서 화투를 치다가 어스름 새벽녘이 되어서야 하나둘씩 집으로 돌아갔다. 그런 날이면 엄마 치마폭에 두붓값이나 돼지고깃값, 막걸릿값을 제하고도 얼마쯤 남는 돈이 생겼다. 아무렇게나 쓰러져 자고 일어난 내 머리맡에도 잔돈푼이 놓여 있곤 했다. 돈이 생기는 맛에 남자들이 부탁해오면 엄마는 언제나 콧노래를 부르며 술상을 차렸다. 돈이 생겨서 엄마가 웃는 게 좋았고 그 돈으로 반찬거리와 달콤한 센베이 과자를 사 오는 게 좋기도 하지만 여편네들이 몰려와 엄마와 드잡이로 싸움질을 하고 엄마의 기분이 엉망으로 가라앉으면 나는 또 불안했다. 엄마가 나를 버리고 달아나버릴 것 같아서였다.

바로 그 전날도 엄마는 여느 때처럼 욕지거리하며 동네 여자들과 싸움질을 했다. 엄마에게 밀쳐져 마당 구석에 나동그라졌던 역무원 마누라 한구 엄마가 산발을 한 채 벗겨진 고무신을 찾아 신으며 눈을 째지게 뜨고 악을 썼다.

"어린 딸년 앞에서 부끄러운 줄도 모리고 비틀어진 엉뎅이 씰룩거리매 남으 사나들을 농구 먹으니 어느 눔이 딸년 애비인지 알기나 할까?"

한구 엄마가 말을 마칠 새도 없이 엄마는 다시 몸을 날려 사립문 밖으로 도망치려는 한구 엄마에게 달려들었다.

"니 뭐라켔노? 아무 말이나 씨부려 뱉고 내빼면 내가 니년 놓칠 중 알았나? 남이사 딸년 애비를 알든지 모르든지 니년이 와 참견이고? 뭘 안다꼬 주뎅이를 나불거리노?"

엄마가 목에 핏대를 세우고 악을 쓰며 한구 엄마를 깔고 앉아 머리채를 잡았다. 엄마 밑에 깔린 한구 엄마도 그냥 당하지는 않았다.

"그럼, 누구 새낀지 말을 혀 보래이! 알믄 왜 핵교 갈 때가 다 되도록 호적도 못 만들어 줬으까? 호적이 있어야 핵교를 보내지."

"와? 내가 니 서방헌티 아 호적 만들어 달라칼까 걱정이가? 내가 니년 서방 농구먹었씰까봐? 도라꾸로 실어다 줘도 니년 서방은 싫다."

"뭐? 이게 어디서 남으집 멀쩡한 사나 이름을 더럽혀, 더럽히길?"

역무원 마누라도 호락호락하지 않았다.

"흥! 니년 서방이 뭐 더럽힐 이름이나 되는 중 아는가베? 택도 읎다!"

엄마는 가소롭다는 듯이 코웃음을 쳤다. 한구 엄마보다 먼저 사립문을 빠져나갔던 여자들이 한구 엄마가 다시 엄마에게 붙들린 걸 뒤늦게 알고 다시 몰려왔다.

"아이고, 이년 싸나운 거 봐래이. 머리털을 아주 달기 털 뽑듯다 뽑겠다이."

"이거, 완전 미친년이네."

"멀쩡한 년이믄, 주제도 모르고 낯짝 하나 미출한거 믿고 남으집 사나들 꼬드겨 해닥거리는 짓거리나 하겠나?"

엄마의 모지락스러운 손아귀에서 한구 엄마 머리채를 빼내 주면서 여자들이 제각각 악다구니를 쳤다.

"야, 이년들아, 우리 수애 아부지가 어떤 사람 인중 아나? 니 년들은 감히 쳐다보지도 못할 그런 사람이래이! 오데서 감히 우리 수애 아부질 들먹거리노? 그깟 역무원 나부랭이나 땅강새이 맹키로 막장에 기들어가 시키면 석탄이나 캐는 니년들 서방 꾸래미로 싸 들고 와도 안 바꾼다. 호적, 그까짓 거 만들면 그만이지. 애새끼들 호적 있는 게 유세고?"

"에구, 저년 눈까리 허옇게 뒤집힌 거 봐래이. 가자, 가!"

엄마는 여자들이 몰려간 지 한참이 지나도록 마당에 그냥 주저앉아 있었다. 마치 조금 전에 있었던 일이 꿈인 듯, 엄마는 이상하리만치 조용해져서 멍한 눈동자로 허공을 바라보고 있었다. 내가 몇 번이나 엄마의 손을 잡아끌었지만, 엄마는 꼼짝도 하지 않았다. 엄마가 동네 여자들에게 또 몰매를 맞았다는 소리를 전해 들은 용기네 아주머니가 혼비백산하여 쫓아왔다. 나는 아주머니가 와주어서 안심되었다.

용기네 아주머니는 동네에서 유일하게 엄마 편이 되어주는 사람이었다. 엄마가 처음 이 동네로 흘러들어왔을 때 도랑 가에 쓰러져 있는 걸 발견해서 구해 준 것이 용기 오빠였다고 했다. 마음이 순하고 모질지 못한 용기네 아주머니가 엄마를 거두어 주었고, 임신 중이었던 엄마는 아주머니네 집에서 몸을 풀 수 있었다. 그래서인지 용기네 아주머니는 나에게 큰이모 같기도 하고 외할머니 같기도 한 사람이었다. 용기네 아주머니는 유복자를 두고 일찍 과부가 되었다. 집이라고 해야 방 하나에 부엌 하나 딸린 집이 고작이었지만 그래도 남편이 남겨주고 간 집이라도 있어서 방안 한쪽에 주르르 주전부리 거리를 늘어놓고 점방을 하면서 아들 용기를 키워냈다. 나는 아주머니네 달랑 하나 있는 그 방에서 태어났다. 아주머니네 방은 내 고향과도 같았다. 어릴 때부터 아주머니네 방에 들어서면 나도 모르게 마음이 푸근해졌던 건 그런 이유에서였는지도 몰랐다. 용기 오빠는 아주머니에게도 잘했지만, 우리 모녀에게도 피붙이 같이 잘해 주어서 가끔 용기 오빠가 우리 친오빠라도 되는 양 우쭐거리기도 했다.

"아이구, 아주 털 뽑힌 닭기처럼 쥐어뜯긴 줄 알았더니 멀쩡하네?"

용기네 아주머니가 속상한 마음을 감추고 일부러 농담을 걸었다. 엄마는 아주머니를 보자 비싯 웃었다. 그러더니 자리에서 일어나 툭툭 치마 자락을 털고 돌아간 치마허리를 바로 잡고는 아무 일도 없었다는 듯이 부엌으로 들어갔다.

"쯧, 여편네들도 싸납다. 왜 허구헌 날 몰케와서 시꾸고 난리인지 모리겠네."

아주머니는 엄마가 부엌 안쪽으로 사라지자 그제야 속상한 속내를 비치고, 마당 한쪽에 멀뚱히 서 있던 내 손을 잡고 방 안으로 들어갔다. 부엌에서 통하는 쪽문이 열리더니 엄마가 쑥스러운 웃음을 웃으며 귀 떨어진 낡은 소반에 달랑 김치 하나 얹어 들어왔다. 소반을 아주머니 앞에 놓은 엄마는 불편한 한쪽 다리를 끌며 기듯이 윗목에 놓아두었던 전날 밤 아저씨들이 마시다가 남겨 놓은 막걸리 주전자를 찾아 소반 위에 올렸다. 그런 엄마를 보며 용기네 아주머니는 어이없는 웃음을 피식 웃으며 혀를 쯧쯧 찼다. 엄마는 소반을 사이에 두고 아주머니와 마주 앉아서 김치 안주에 막걸리를 따라 마시기 시작했다. 아침밥도 먹지 않은 빈속에 막걸리를 마신 엄마는 금세 얼굴이 벌게지더니 훌쩍훌쩍 울기 시작했다.

"형님, 호적이 없으모 핵교를 못 댕깁니꺼?"

"그렇지. 호적이 있어야 핵교를 보내지."

"그런 깁니꺼?"

"호적이 있어야 취학 통지서도 나오고 그게 있어야 핵교에 입학을 허지. 수애도 핵교 갈 때가 다 되었는데, 무슨 수를 내야 하질 않겠어?"

엄마는 아주머니의 말에 눈물을 꾹꾹 찍어내며 울기 시작하더니 몇 잔 마시지도 않은 술에 취했는지 개지도 않고 한쪽에 밀어두었던 이부자리 위에 털썩 쓰러져서 잠이 들었다.

"에그, 궁글어 금세도 취했구나. 너 오늘 밥 은어 먹긴 그른 모양이다."

용기네 아주머니가 쯧쯧 혀를 차며 엄마에게 베개를 받쳐주고 나서 나에게 밥상을 차려주었다. 아주머니는 마주 앉아 내가 밥 먹는 걸 물끄러미 바라보았다. 아주머니가 돌아가고 나서도 한참을 더 지나서야 엄마가 스르르 눈을 떴다.

"엄마."

"밥은? 니, 밥 묵나?"

한동안 꼼짝도 하지 않던 엄마가 천천히 내 쪽으로 고개를 돌리더니 갈라진 목소리로 물었다. 내가 고개를 끄덕이자 엄마는 여전히 멍한 눈빛으로 나를 가만히 바라보다가 몸을 돌려 벽 쪽을 향해 모로 누워서 이불을 홱 뒤집어썼다. 잠시 후 덮어쓴 이불자락이 들썩거리며 이불 속에서 훌쩍거리며 우는 소리가 났다. 낮부터 울기 시작한 엄마는 해가 지고 저녁이 되어서도 일어날 기미를 보이지 않았다. 그저 한 번씩 이불자락이 흔들리는 것으로 엄마가 여전히 흐느껴 울고 있다는 걸 알 수 있었다. 엄마는 밤이 깊도록 한숨 섞인 울음을 멈추지 않았다. 엄마가 쉬지 않고 울다가 지쳐서 죽어버리면 어쩌나 겁이 났다. 엄마에게 무슨 일이 생길까 봐 눈을 똑바로 뜨고 지켜야 했다. 혹시 내가 깜빡 잠이 든 새에 엄마가 나를 두고 도망이라도 갈까 봐 나는 더욱 눈을 부릅뜨고 엄마를 지켜야 했다.

분명히 아랫목 벽장문에 기대어 앉아서 눈을 동그랗게 뜨고 엄마를 지키고 있었는데 나도 모르게 잠이 들었던 모양이다. 엄마가 누워있던 이부자리가 빈 줄도 모르고 자고 있었다. 더럭 겁이 나서 후득 떨어지는 눈물을 훔쳐내며 아랫목 한쪽에 부엌으로 뚫린 쪽문을 열고 부엌을 들여다보았다. 다행히 엄마는 부엌에서 허리를 구부린 채 석유풍로 위에 얹힌 밥솥 뚜껑을 열었다가 닫고는, 풍로 불을 약하게 조절하고 있었다.

"깼드나?"

엄마가 나를 돌아보며 말했다. 엄마의 눈두덩이 많이 부어있긴 했지만, 기분이 나빠 보이진 않았다. 엄마는 마치 아무 일도 없는 것처럼 보였다. 비로소 마음이 놓이면서 오줌이 마려웠다. 윗목에 놓인 요강에 오줌을 누고 있는데 엄마가 다시 쪽문을 열고 얼굴을 들이밀었다.

"일어났으모, 씻자. 네 얼굴에 땟국물이 쫄쫄 흐른다, 아이가. 까마귀가 친구 하자꼬 안 하겠나."

엄마가 전에 없이 얼굴을 씻어준다고 말했다. 그리고 보니 나는 그 전날에도 세수하지 않았다. 그저 종일 울다가 쓰러져 잤으니 얼굴에 땟국물이 흐를 만도 했다.

"내가 할게."

전에 없이 얼굴을 씻어준다는 엄마가 낯설어 내가 하겠다고
했다.

"오늘 어디 갈낀데, 깨끗이 씻어야 한다, 아이가."

엄마가 표정 없는 얼굴로 담담하게 말했다.

"어디?"

나는 태어나서 그때까지 한 번도 그 동네를 벗어나 본 적이 없
었다.

"어디, 멀리."

웃음기 없는 엄마의 얼굴에 단호함 같은 게 보였다. 내가 쪽
문을 통해 부엌 바닥으로 내려서자 엄마는 대야에 물을 받더니
나를 끌어다 앉히고 새로 빨아 빳빳하게 마른 수건을 내 목둘레
에 둘러주었다. 그러더니 천천히 내 얼굴을 문질러 닦아주기 시
작했다.

"에그, 이 땟국 좀 봐라."

그제야 엄마는 비싯 웃으며 내 얼굴과 목과 귀 뒤쪽까지 뽀득
뽀득 소리가 나게 문질러댔다. 엄마는 비누칠을 새로 해서 문지
른 뒤 물로 헹구고 다시 맑은 물을 한 번 더 받아서 헹궈주었다.
세수를 마치고 방으로 들어와 동동 구리무를 바르며 거울을 보니
얼마나 뽀득뽀득 힘주어 문질러댔던지 귀 뒤쪽이며 목덜미가 붉
었다. 조금 있으니 엄마는 방금 한 반지르한 흰 쌀밥 위에 달

걀 하나를 깨뜨려 넣고 간장과 참기름까지 한 방을 떨어뜨린 달걀 비빔밥을 밥상에 올려 내왔다. 언제 먹어도 맛이 있는 달걀 비빔밥이었다. 참기름 냄새가 고소한 달걀 비빔밥을 먹을 때면 부잣집 딸내미가 된 기분이 들었다. 밥상 위에는 엄마 밥은 없고 내 밥그릇만 있었다.

"엄마는?"

"니나 어서 무라. 내는 낭중에."

내가 한 숟갈씩 밥을 뜰 적마다 엄마는 내 밥숟갈 위에 잔멸치 볶음도 얹어주고 콩자반도 얹어주었다. 나 혼자만 먹는 것도 민망하고 갑자기 융숭한 대접을 받는 것이 어색해져서 엄마를 올려다보았다. 엄마는 표정 없는 얼굴로 정성껏 내 밥숟갈 위에 반찬을 올려주고 있었다. 나는 아마 그때 처음으로 엄마의 얼굴을 자세히 살펴본 모양이다. 가만히 보니 엄마에게도 꽤 예쁜 얼굴이 숨어 있었다.

이른 아침상을 물린 엄마는 내게 새 옷을 입혀 주었다. 흰 깃과 흰 주름치마가 달린 세일러복이었는데 몸판에는 희고 붉고 푸른 네모의 바둑판무늬가 있고, 앞가슴에는 마치 훈장처럼 별이 붙어있는 옷이었다. 그 옷은 내가 학교 갈 때 입으라고, 엄마가 얼마 전에 시장에서 사다 준 새 옷이었다. 흰 레이스가 달린 양말에 반짝이는 새 구두까지 신겨주었다. 역시 학교 갈 때 신으라고

벽장에 고이 넣어두었던 양말과 구두였다. 내 치장을 마친 엄마
는 벽장 뒤쪽 다락 안에서 오랫동안 먼지를 뒤집어쓰고 있던 커
다란 여행 가방을 꺼내와 마당에 툭툭 먼지를 털어내더니 그 속
에 내 옷들을 채워 넣기 시작했다. 당분간 입을 일이 없는 두꺼
운 겨울옷까지 꾹꾹 눌러 담는 바람에 가방은 금세 배가 불룩해
졌다. 가방 싸기를 마친 엄마는 윗목 앉은뱅이 화장대 거울 앞에
앉았다. 엄마는 후우 한 번 한숨을 쉬더니 마치 오랫동안 그 순서
들을 준비해 왔던 사람처럼 망설임 없이 척척 순서대로 화장품을
발랐다. 조그만 거울을 들여다보며 화장을 하던 엄마는 뭐가 잘
못되었는지 무르팍 위에 덮어놓았던 아직 축축한 세수수건을 들
어 눈자위를 쓱쓱 문질러내고 닦인 눈두덩 위에 다시 색을 입혔
다. 화장을 마친 엄마는 머리를 정성 들여 빗었다. 그러더니 입고
있던 옷을 훌훌 벗고 서랍 속에서 새 옷을 꺼내 들었다. 엄마가
서랍 속에서 주름이 고르게 잡힌 하늘거리는 상아색 치마를 꺼
내 들었을 때 내 입에서는 나도 모르게 '아아' 탄성이 터졌다. 그
건 내가 한 번씩 엄마 서랍에서 꺼내 내 눈앞에 대고 흔들어서 꿈
결 같은 환상에 빠져들곤 했던 예쁜 치마였다. 그 옷은 마치 선녀
가 숨겨둔 날개옷처럼 엄마 서랍 속에만 있었지, 엄마가 실제로
입는 걸 보는 건 처음이었다. 채비를 마친 엄마는 내가 상상했던
대로 날개옷을 입은 선녀처럼 보였다. 정성 들여 빗은 머리는 정

수리 위가 봉긋했고 푸른색을 덧입힌 눈매는 선명했으며 콧날도 오똑했다. 게다가 빨갛게 연지를 바른 입술은 꽃잎처럼 촉촉하고 예뻤다. 엄마가 꽤 예쁜 여자였다는 걸 나는 그때 처음 알았다.

엄마는 늘 목이 늘어진 티셔츠에 고무줄을 넣은 월남치마를 입고 기차역에 앉아 있다가 석탄을 잔뜩 실은 기차가 지나가고 난 후 빈 철길 위를 절룩거리는 몸으로 이리저리 뛰어다니며 철길에 떨어진 석탄 덩이들을 양동이에 주워 담던 모습이었다. 엄마는 그것들을 모아서 장에 내다 팔기도 했고, 겨울에는 우리 집 난로에 넣고 불을 때기도 했다. 역장님과 역무원 아저씨는 기차가 지나간 후 엄마가 빈 선로 위에서 석탄을 주워 모으는 걸 눈감아주었다. 그들은 큰 선심을 베푼다는 듯이 엄마 앞에서 거들먹거렸고 엄마는 묵직해진 석탄 양동이를 들고 자라목으로 굽신굽신 인사했다. 대신 그들은 봉급날이면 한 번씩 술상을 봐주고 노름방 내 주길 부탁해왔다. 박봉에 여자가 있는 술집이 부담스러웠을 사내들은 막걸리와 찌갯거리값에 잔돈푼이나 조금 얹어주면 되는 우리 집이 만만하고도 편했을 것이다. 엄마는 그들이 원하기만 하면 언제나 콧노래를 부르며 두부찌개건 김치찌개건 보글보글 끓여 막걸리 상을 봐주었고, 그들이 손목을 잡아끌면 못 이기는 척 젓가락 장단을 치며 노래를 한 번씩 불러주었다. 거나

하게 술이 오르면 군용 담요를 펼쳐놓고 짝짝 듣기 좋은 소리를
내며 화투를 쳤다. 엄마도 나도 그들이 싫지 않았다. 엄마는 엄마
대로 돈이 생겨서 좋았고 나는 나대로 엄마와 단둘이 외롭고 적
적한 집에 사람들이 가득 차고 노랫소리가 나는 게 좋았다. 하지
만 동네 여자들은 그런 엄마와 나를 싫어했다. 빨래터에서 마주
쳐도 눈을 허옇게 흘기며 돌아앉았고, 장에서 마주쳐도 홱, 고개
를 돌렸다. 그러다가 누구 입에서 흘러나왔는지 누군가 엄마의
손목을 잡았다는 소리라도 들리는 날이면 호명된 이의 마누라와
평소에 엄마를 좋지 않게 생각하던 여자들이 씨근벌떡 떼로 몰려
와 엄마의 머리채를 잡기 일쑤였다. 한 번 그러고 나면 사내들은
봉급날이 되어도 우리 집을 찾지 않았다. 비라도 주룩주룩 내리
는 날이면 엄마는 마당 쪽으로 난 방문을 열고 불편한 다리를 뻗
고 앉아서 안주도 없이 막걸리를 마셨고, 해가 지면 이불을 뒤집
어쓰고 꺽꺽 울었다. 그런 날이면 나는 또 불안에 떨며 우는 엄
마를 바라보다가 잠이 들었다. 그런 엄마에게 아무도 몰라보았던
아름다움이 숨어 있었다는 사실에 나는 놀랐다. 엄마를 깔보며
우쭐대던 그 어느 여편네보다도 더 예쁘다는 사실에 공연히 어깨
가 으쓱거려졌다.

"가재이."

채비를 마친 엄마가 그렇게 말하지 않았더라도 내가 먼저 엄

마 손을 잡고 출정이라도 하는 장군처럼 밖으로 끌고 나갈 판이었다. 그동안 엄마를 우습게 여기고 멸시하던 사람들에게 자랑스럽게 내보이고 싶었다. 앞장선 엄마가 한 걸음씩 뗄 적마다 선녀의 날개옷 같은 상아색 주름치마가 물결치며 춤을 추었다. 엄마가 걸을 때마다 심하게 엉덩이를 뒤틀며 절룩거리는 것이 늘 부끄러웠는데, 엄마의 절룩거림 때문에 치마의 주름은 오히려 더 햇살 아래에서 눈부시게 물결쳤다. 어쩌면 엄마는 정말로 하늘에서 내려온 선녀였는데 여태 자신이 선녀라는 걸 숨기고 살아야 했던 건지도 몰랐다. 저만치 동구 밖쯤 나가면 엄마는 날개옷을 펼치고 나를 데리고 훨훨 구름 위로 날아오를지도 몰라 나는 가슴이 벅차올랐다. 아아! 정말로 그랬더라면 얼마나 좋았을까.

엄마는 탄가루가 눌어붙어 거무데데한 기차역에서 기차표를 끊었다. 전에 없던 일이라 그랬는지 역무원이 창구 밖으로 모가지를 빼고 엄마를 내다보았다. 엄마는 가방을 든 손으로는 기차표를 들고 다른 손으로는 단단히 내 손을 잡고 선로를 건너 플랫홈 벤치에 앉았다. 엄마는 날마다 기차역에 나갔지만 그건 늘 철길에 떨어진 석탄을 줍기 위해서였다. 돈을 내고 기차표를 산 것도, 기차를 타기 위해 플랫홈 벤치에 앉아 있던 것도 처음이었다. 멀리서 고개를 갸웃거리던 역장님도 눈을 휘둥그레 뜨고 가까이 다가왔다.

"여어, 이게 누구야? 수애구나. 어디 가니?"

역장님은 말은 내게 붙이면서 눈길은 힐끔힐끔 엄마에게 주었다. 역장님 눈에도 엄마가 유달리 예뻐 보인 모양이다. 엄마는 귀가 들리지 않는 사람처럼 역장님 말에 들은 척도 하지 않았다. 나역시 우리가 어딜 가려는 건지 알 수가 없었기 때문에 역장님에게 해 줄 수 있는 말이 없었다. 그저 입을 다문 채 말끄러미 눈을 들어 역장님의 검고 주름진 얼굴을 올려다보았다.

"수애네, 이거 원, 자세히 보지 않았으면 못 알아볼 뻔했어. 수애네도 그렇게 꾸미니 여간 미인이 아니구먼. 어디, 좋은 데 가는가?"

역장님이 한 번 더 말을 건넸지만, 엄마는 여전히 아무 말 없이 표정 없는 얼굴로 발끝만 내려다보고 있었다. 머쓱해진 역장님은 잠시 머뭇거리다가 탄가루로 얼룩진 역사로 돌아가 버렸다.

처음 타보는 기차여행은 즐거웠다. 내내 굳은 얼굴에 아무 말이 없는 엄마가 마음에 걸리기는 했지만 기차가 씽씽 달리는 대로 산과 나무들과 집들이 넘어지지도 않고 미끄러지듯 휙휙 뒤로 물러서는 걸 보는 일은 신기하기만 했다. 두어 시간 지나 기차에서 내리더니, 또 다른 기차로 갈아탔다. 처음 해 보는 기차여행에 속이 좀 울렁거리긴 했지만, 기차를 한 번 더 타야 한다는 것에 몹시 들떴다.

"배 고프제? 닥알 무라. 목 메이지 않구로 사이다도 쫌 마시
고."

엄마가 기차 안에서 사 준 삶은 달걀을 까먹고 사이다를 마시
며 창밖을 넋이 빠지게 바라보고 있다가 깜빡 잠이 들었다.

"일나라, 고마. 다 왔다, 내리재이."

엄마의 목소리에 눈을 떴다. 엄마 손에 이끌려 서둘러 기차에
서 내려 작은 역사를 빠져나왔다. 엄마는 기차역 앞에서 졸고 있
는 택시 기사를 깨워서 택시에 올랐다. 태어나서 기차를 타본 것
도, 택시를 타본 것도 처음이었다. 양쪽으로 미루나무가 휙휙 지
나가는 길을 얼마쯤 달리자 멀미가 났다. 토할 것만 같아 도저히
참을 수 없을 즈음에 다행히 차가 멈췄다. 차가 멈추자마자 나는
차에서 뛰쳐나가 곁에 선 나무 밑동을 붙잡고 아침에 먹은 달걀
비빔밥과 기차 안에서 먹은 것들을 모두 게워냈다. 엄마는 택시
기사에게 뭐라고 말을 하더니 내 뒤로 와서 등을 두드려 주었다.
손수건을 꺼내 입가를 닦아주는 엄마의 어깨너머로 택시 기사 아
저씨가 차에서 내려 담배 한 개비를 꺼내서 피워 무는 것이 보였
다. 내가 숨을 고르고 나자 엄마는 고개를 돌려 택시 기사에게 고
개를 한 번 끄덕여 보이더니 내 손목을 끌어 잡고 언덕길을 오르
기 시작했다. 언덕 중간쯤 오르자 엄마가 허리가 굵은 나무 뒤에

몸을 숨기고는 집게손가락을 뻗어 언덕 위 어느 집을 가리켰다. 엄마가 가리킨 곳에는 칠이 벗겨져 얼룩덜룩하고 군데군데 붉게 녹이 슨 양철 대문 집이 보였다.

"저 집, 보이제?"

엄마가 속삭였다. 나는 고개를 끄덕였다.

"저기서 백 밤만 자고 있으모, 데리러 올끼다."

엄마의 눈빛이 심상치 않았다.

"……?"

나는 왈칵 두려워져서 눈만 깜빡거렸다.

"못 알아듣나? 데리러 올 때까지 저 집에서 얌전히 백 밤만 자고 있으라꼬."

"…….."

"귓구멍이 멕힌나? 와 대꾸가 읎나?"

엄마는 다시 누그러진 목소리로 말을 이었다.

"니가 누꼬? 물으시모, 애라이 딸이라예, 하는기야. 알긋제. 네 이름은 박 수 애 라꼬 또박또박 말하고. 알긋제?"

단호한 엄마의 표정에 그동안 두려워해 오던 그 일이 벌어지는 모양이라는 생각이 들어 눈물이 툭 떨어졌다.

"쯧, 울지 마래이."

엄마가 그런다고 터진 눈물이 멈춰지는 건 아니었다.

"울지 마라 캤다. 눈물 닦고, 뚝 그치래이."

엄마가 눈을 허옇게 흘겼다. 눈물은 참으려고 하니, 더 줄줄
나왔다.

"말 잘 듣고 잘 있으모, 데리러 올끼다. 그때까지 잘 있어야 한
데이!"

엄마가 독한 표정으로 손수건을 꺼내 내 눈물을 닦아주었다.
입술을 굳게 다물고 눈물을 닦아주는 엄마의 얼굴이 씰룩거리며
붉어졌다.

"엄마!"

나는 고개를 세차게 저었다. 나는 점점 더 불안해졌다.

"다시는 울지 마래이. 니, 엄마 말 안 들으모 참말로 도망가 버
릴끼다."

나는 눈을 꾹 감았다 떠서 눈물을 짜내고는 억지로 눈물을 참
았다. 계속 울다간 엄마가 나를 정말 영영 버릴지도 모를 일이었
다.

"자, 가래이. 저 집, 알긋제?"

엄마는 나에게 불룩한 여행용 가방을 들려주더니 어서 가라는
손짓이다. 내가 멈칫거리자 엄마는 눈을 허옇게 치뜨며 아랫입술
을 꽉 깨물어서 무서운 표정을 지었다. 엄마가 그런 표정을 지을
때는 정말로 화가 많이 났다는 뜻이다. 그럴 때는 엄마의 뜻을 거

스르지 않는 것이 상책이었다. 몇 발자국 힘없이 걸어 올라가다가 멈추고 뒤를 돌아보자 엄마는 한쪽 입술을 깨물고는 땅바닥에서 돌멩이를 집어 들어, 내 쪽으로 세게 던졌다. 돌멩이는 다행히 나를 피해 지나갔다. 내가 놀라서 목을 움츠렸다가 다시 엄마를 쳐다보니 엄마는 더욱 독한 표정을 지으며 이번에는 더 큰 돌멩이를 찾아 손에 들었다. 그 서슬에 나는 울음을 터뜨리며 언덕 위쪽으로 내달렸다. 엄마가 가리켰던 양철 대문 집 앞에 다다라서 뒤를 돌아보았으나 거기엔 이미 아무도 없었다. 하늘거리는 주름치마를 입은 엄마도 보이질 않았고 기차역 마당에서 엄마와 함께 타고 왔던 택시도 보이지 않았다. 그곳에는 거짓말처럼 아무도 없었다.

두렵고도 서러운 일

뙤약볕이 내리쬐는 여름 한낮에 낯선 곳, 낯선 대문 앞에 엄마에게 버려진 여섯 살짜리 여자아이가 혼자 서 있는 일은 참으로 막막하고 두렵고도 서러운 일이었다. 한 번씩 고개를 빼고 혹시나 엄마가 다시 나를 찾아올까, 언덕 아래를 내려다보았지만, 엄마의 모습은 다시 보이지 않았다. 혹시나 나무 뒤에 숨은 엄마의 상아색 치맛자락이 보일까 둘러보았지만, 아무것도 보이지 않았다. 커다란 여행 가방을 곁에 두고 울고 서 있는 내가 이상한지 지나가는 사람들이 나를 흘깃거렸다. 부끄러워진 나는 대문 옆 담벼락 쪽으로 몸을 돌려 쪼그려 앉았다. 목구멍까지 차오르는 두려움과 서러움에 나는 울었고 땀과 눈물이 뒤범벅된 땟물이 입속으로 들어가 짭조름한 맛이 났다. 핑그르르 어지럼증을 느낄 때쯤 누군가 뒤에서 인기척을 했다.

"누꼬?"

돌아다보니 머리에 수건을 쓰고 얼굴에 주름이 많고 까맣게 그을린 나이 먹은 아줌마가 호미를 들고 서 있었다. 나는 뭐라고 대답해야 할지 몰라서 그저 멀뚱거리고 서 있었다.

"니는 누군데 여그서 울고 앉아 있노? 누구 집 딸이고?"

아줌마가 다시 물었다. 그때 엄마의 말이 퍼뜩 떠올랐다. '누구냐꼬 물으면 애라이 딸이라꼬 말하래이. 네 이름은 박. 수. 애. 라꼬 또박또박.'

"우리 엄마는 애란이고 내 이름은 수애예요. 박수애. 우리 엄마가 여기서 백 밤만 자면 다시 데리러 온댔어요."

내가 울먹이며 말하자 아줌마의 표정이 멍해졌다.

"느그 어매가 누구라꼬?"

한참 멍한 표정으로 나를 빤히 쳐다보던 아줌마가 다시 물었다.

"애, 애란이요. 내 이름은 수애, 박수애."

내가 떨리는 목소리로 말하자 아줌마는 작게 앓는 소리를 내며 털퍼덕 땅바닥에 주저앉았다.

"애라이라 캤나? 느그 어매가 애라이라꼬? 니 시방 애라이라 캤제?"

아줌마는 턱을 덜덜 떨었다. 나 역시 두려움에 떨며 그저 고개
만 끄덕였다. 참으려 해도 자꾸만 비죽비죽 울음이 새어 나왔다.

"아이고! 맞네, 애라이 딸아가 맞는가 보네."

한참을 그렇게 주저앉아 있던 아줌마가 넋이 빠져서 혼잣말처
럼 중얼거렸다.

"하이고, 그 모질이 가스나가 결국 즈그 딸아를 여그로 보냈다
아이가. 내 언제고 이런 날 올 줄 알았다, 참말로……."

혼잣말하던 아줌마가 갑자기 벌떡 일어나 사방을 둘러보며 말
했다.

"느그 어매, 어뎃노. 느그 어매 갔드나?"

내가 또 젖은 얼굴로 고개를 끄덕이자 아줌마는 다시 넋이 빠
진 얼굴로 주저앉아서 빤히 내 얼굴을 들여다보았다.

"애라이 딸아가 맞네. 애라이 얼굴이 보인다 카이."

한참을 그렇게 들여다보고 있더니 기운 없는 목소리로 흐느끼
듯 말했다.

"일단, 드가자."

내 손목을 잡아끌고 대문을 넘던 아줌마가 걸음을 뚝 멈추고
돌아서더니 생각난 듯 말했다.

"야야, 느그 모녀가 그동안 어데서 뭐 해먹고 살았드노 참말
로, 야야, 내가 늬 고모래이. 하이고, 귀신에 홀린 것 같다, 아이

가."

나는 그날 처음 만난 고모의 손에 이끌려 낯선 양철 대문 집으로 들어갔다. 집에는 식구가 고모부와 사촌 오빠 둘이 더 있었다. 모두 친절했으나 나에겐 여전히 낯설고 서먹한 사람들일 뿐이었다. 식구마다 내 얼굴을 빤히 들여다보다가 한숨을 쉬거나 안쓰럽게 바라보다가 머리를 쓰다듬어 주기도 했다. 어서 빨리 백 밤을 다 채우고 이 불편하고 어색한 생활을 끝내고 싶었다. 종일 마루 끝에 앉아 있다가 밥을 주면 밥을 먹었고 잘 시간이 되면 잠을 잤다. 한 밤씩 잘 적마다 손가락을 꼽으며 날짜를 세었다. 며칠을 그렇게 지내며 식구들과 낯을 익히고 나자 제법 새로운 생활에 익숙해졌다. 불편하나마 어지간히 식구들과 익숙해졌을 무렵 고모가 아침밥을 먹다 말고 말했다.

"인자부터는, 밥 묵고 나면 밖에 나가 놀아라. 얼라가 밤낮 집구석에 처박혀가 있으모 쓰나. 나가서 볕도 쬐고 친구들하고 놀고 그래야제."

그러겠다고 고개를 끄덕였지만, 밖에 나가도 함께 놀 수 있는 친구는 없었다. 아이들 세상도 고모 생각처럼 그렇게 호락호락하지 않았다. 내가 나가면 또래 아이들은 타지에서 온 나를 이상한 듯 흘깃거리며 훑어보기만 할 뿐 누구도 나를 무리에 끼워주지 않았다. 하지만 아이들 사이에서 외톨이가 되는 건 나에게 익숙한 일이었다. 이전에도 아이들은 아버지 없이 절름발이 엄마와 둘이 사는 나를 그들 틈에 끼워주지 않았다. 실제로 아이들과 놀지 않아도, 밥숟갈을 놓자마자 고모가 "나가 놀아라." 하면 밖으로 나갔다. 어른들 말을 잘 듣고 있어야 엄마가 다시 데리러 온다고 했으니까. 어차피 집안에도 내 또래가 없었으니 집 안에 있으나 바깥에 나와 있으나 무료하기는 마찬가지였다. 아침을 먹고 밖으로 나가 보면 아이들은 약속이나 한 듯 공터에 모여들었다. 거기서 고무줄도 하고 공깃돌도 던지고 또 사내아이들은 구슬치기도 하고 딱지치기도 하면서 참새 떼처럼 재잘재잘 즐겁게 놀았다. 그러면서도 아이들은 나를 끼워주지 않았다. 누구도 나에게 함께 놀자고 하는 아이가 없었고 나 역시 누구에게도 다가가지 못했다. 그래도 고모는 날마다 나에게 나가 놀라고 했고 나는 그때마다 공터에 나와서 공터 한쪽에 햇살이 비쳐 하얗게 빛나는 시멘트 담벼락에 기대서서 저만치 자기들끼리 재잘거리며 놀고 있는 아이들을 물끄러미 바라볼 뿐이었다. 언제부터인가 놀고 있는 아이들을 하염없이 바라보는 것이, 내가 노는 방법이 되었다.

고모 집에 머물며 한 열댓 밤쯤 잤을까, 아침상을 물리고 그날따라 고모는 밭일도 나가지 않고 오늘은 손님이 올 테니 나가 놀지 말고 깨끗이 세수를 하고 있으라고 했다. 나는 온다는 손님이 아버지라는 걸 알고 있었다. 고모네 집에서 지내는 내내 식구들이 목소리를 낮춰서 아버지에 대해 수군대는 걸 엿들었기 때문이었다. 어른들은 내가 듣지 못하게 목소리를 낮추었지만 그럴수록 아버지의 얘기가 더 또렷이 들린다는 걸 몰랐다. 고모는 나더러 세수를 깨끗이 하라고만 했지, 엄마가 그랬던 것처럼 내 목에 수건을 두르고 뽀득뽀득 씻어주지는 않았다. 마당에 있는 빨랫줄에서 마른 새 수건을 걷어내 목둘레에 두르고 마당 가운데 있는 우물물을 길어놓고, 쪼그려 앉아 뽀득뽀득 소리 나게 닦았다. 손등도 문지르고 모가지도 이쪽저쪽 야무지게 문질렀다. 깜빡 잊고 귀 뒤쪽을 안 씻었다가 도로 쪼그려 앉아 귀 뒤쪽까지 싹싹 문질러 닦았다. 세수를 마치고 옷장 속에 걸린 내 유일한 외출복인 세일러복으로 말끔하게 갈아입었다. 학교에 갈 때 입자고 새로 샀던 옷이 이렇게 특별한 외출복이 될 줄은 몰랐다. 서랍 속에 넣어 두었던 흰 레이스가 달린 양말도 챙겨 신었다. 고모는 바가지에 물을 떠 와서 내 머리에 물을 축여 단정하게 빗질해 주고, 내가 처음에 가지고 왔던 여행용 가방을 다시 챙겨서 대청마루 끝에 가져다 놓았다. 나도 왠지 그 가방 옆에 앉아 있어야 할 것 같아서 대청마루 끝에 가방과 나란히 앉아 있었다. 대청마루에 걸터앉아 얼마쯤 있으려니 말쑥한 차림의 남자가 대문을 들어섰다. 나는 긴장해서 꼴깍 침만 삼키고는 그대로 굳은 듯이 꼼짝하지

성북동 아버지 43

않고 있었다. 남자는 마당의 우물 곁을 지나 내가 앉은 대청마루까지 천천히 걸어오더니 허리를 구부리고는 슬픈 얼굴로 가만히 나를 내려다보았다. 나도 아무 말 없이 말끄러미 남자의 얼굴을 올려다보았다. 나는 그가 아버지라는 것을 단박에 알 수 있었다.

"수창이, 왔나?"

기척을 느꼈는지 안방 미닫이문이 열리더니 고모가 허둥허둥 달려 나오며 말했다.

"예, 누님."

아버지가 낮은 목소리로 대꾸했다.

"전화 받고 놀랬제? 먼 길 오느라 고생 했데이. 퍼뜩 들어온나."

느리게 댓돌 위로 올라서는 아버지를 향해 고모가 재촉했다.

"봤나? 애라이 딸내미 맞는 거 같제? 얼굴 보래이, 영판 애라이 저맘때 아이가. 내 이런 날 올끼라 캤제? 가스나가 결국 기를 쓰고 혼자서 아를 낳아 키웠다 아이가. 독하기도 독한 년이다. 온 전치도 몬 한 기 어데서 뭘 해먹고 살았일꼬…….."

신을 벗고 대청으로 올라 안방으로 향하는 아버지 뒤를 쫓으며 고모가 목소리를 낮추어 속삭였다.

나는 따라 들어오라는 말이 없어 그냥 대청마루 끝 여행 가방 곁에 걸터앉아 다리를 달랑달랑 흔들고 있었다. 방에서는 고모 목소리만 커졌다 작아졌다 할 뿐 아버지 목소리는 들리지 않았다.

"아아 이름을 수창이 느그 이름하고 즈그 이름을 한 자씩 넣어 수애라꼬 한 모양이드라. 이래 앙큼한 가스나가 또 어디 있겠노……. 그래 집안을 발칵 뒤집어 놓고 집을 나가가 죽었나, 살았나, 소식도 없더이, 또 이래 뒤통수를 친데이. 이 무슨 악연이고. 아가 어려가 즈그 살던 동네 이름도 잘 몰라가 살던 동네 찾는데도 애 묵었다 아이가? 겨우 살던 동네 알아내가 애들 시켜가 보라카이, 그 새 어디론가 말도 없이 떠났다 카드라. 작정을 한기라. 그나저나 정혜 엄마한텐 뭐라캤노? 그 사람도 호락호락한 사램이 아니라 내 겁이 벌벌 나드라. 하모, 기절초풍할 얘기 아이가, 와 안 그렇겠노?"

얘기가 길어지는 것 같았지만 여전히 고모의 한숨 섞인 목소리만 조각조각 들려올 뿐이었다. 대청마루 유리 문짝에 기대고 앉아 마당에 널린 빨래 위로 쏟아지는 햇살을 쳐다보고 있다가 깜빡 졸았던가 보다. 안방 문이 드르륵 열리는 소리에 깜짝 놀라 깼더니 마침내 방안에서 두 사람이 나왔다. 다시 내 얼굴을 찬찬히 들여다보던 아버지가 말했다.

"내가 네 아버지다."

나는 처음부터 그가 내 아버지라는 걸 알았기에 놀라지 않았다.

"수애라고 했지?"

내가 고개를 끄덕이자 고모가 또 말참견했다.

"느그 이름에서 한 글자, 즈그 이름에서 한 글자 따서 지은 것 같다 안했나?"

"수애, 음…… 이제부터 네 이름을 수혜라고 하자. 서울 집에 가면 네 동생 정혜가 있단다. 돌림자를 같이 써야지. 수애와 수혜가 발음도 비슷하니 너도 낯설지 않을 테고."

"그래, 수혜라 카자. 그게 좋겠구마."

고모가 또 참견했다. 그날 아버지의 한 마디에 내 이름은 수애에서 수혜로 바뀌었다. 박수혜.

"가자, 이제부터 성북동에 가서 아버지랑 사는 거야."

아버지는 나를 내려다보며 옅은 미소를 지었지만, 더없이 쓸쓸하고 슬퍼 보였다. 아버지는 한 손으로는 내 여행 가방을 챙겨 들고 다른 한 손으로는 내 손을 잡았다. 아버지의 큰 손이 내 손을 꼭 잡자 든든한 마음이 들었다. 생전 처음 가져보는 아버지라는 존재에 가슴이 부풀었다. 나에게 이런 멋진 아버지가 있다는 걸 미경이 엄마, 역장님, 이장님에게 달려가 큰 소리로 말해주고 싶었다. 아마 열 손가락을 다 꼽고 다시 다섯 번쯤 꼽으며 세던 날짜를 더는 세지 않게 된 것이 그때부터였던 것 같다. 백 밤을 다 세어도 엄마가 오지 않을 거라는 것을 알았던 것인지, 아니면 나도 모르게 더는 엄마를 기다리지 않게 된 것인지.

아버지에게는 자가용차가 있었다. 서울로 향하는 차 안에서 아버지는 미간을 약간 찌푸린 채 운전만 할 뿐 아무 말도 하지 않았다. 깊은 생각에 잠긴 것처럼 보였다. 그러다가 한 번씩 생각난 듯이 내 쪽으로 얼굴을 돌리고 어색한 얼굴로 빙긋 웃어줄 뿐이었다. 나는 기어이 또 멀미를 하고 말았다. 그때까지 생전 동네 밖에 나갈 일이 없었던 나는 자동차를 타본 것이 딱 두 번이었으니, 멀미하는 것이 당연했다. 창백해진 내 얼굴을 본 아버지는 휴게소에 차를 세웠다.

"저런, 멀미하는구나."

"……."

"여기서 잠시 쉬었다 가자꾸나."

아버지는 나를 차에서 내리게 한 뒤 휴게소에서 이어진 계단을 내려가 강변으로 데려갔다.

"자, 크게 심호흡을 하렴. 맑은 바람을 쐬면 좀 나아질 거야."

강바람을 쐬며 여러 번 크게 심호흡을 하자 아버지 말대로 머리도 맑아지고 메슥거리던 속도 좀 나았다.

"아버지!"

말없이 강물을 바라보고 서 있는 아버지를 조심스럽게 불렀다. 처음으로 불러보는 아버지였다. 딱히 무슨 할 말이 있었던 것은 아니고, 그냥 한번 불러보고 싶었다.

"어, 그래. 이제 좀 괜찮니?"

아버지는 그제야 정신이 든 듯 나에게 물었다. 내가 고개를 끄덕여 보이자 아버지는 빙그레 웃으며 허리를 굽히고 앉아 가만히 내 얼굴을 내려다보았다.

"엄마를 많이 닮았구나. 네 엄마도 어릴 때 너처럼 예뻤어."

"……."

"내내 엄마와 둘만 살았니?"

나는 또 고개를 끄덕여 보였다.

"외로웠겠구나. 네 엄마가 혼자서 널 이만큼 키우느라 애 많이 썼겠다."

어쩐지 엄마가 동네 여자들과 드잡이를 하고 싸우고 맞아서 코피도 나고 가끔 눈이 시퍼렇게 멍이 들곤 했다고 말하면 안 될 것 같아서 입술을 꼭 다물고 있었다. 그저 말끄러미 눈을 들어 가만히 아버지의 눈을 올려다보았다.

"여기서 뭣 좀 먹고 가자."

아버지는 분위기를 전환하려는 듯 갑자기 큰 소리로 말을 하더니 나를 데리고 휴게소 건물 안쪽의 식당으로 데리고 갔다. 나를 강물이 보이는 창가 식탁에 앉혀둔 아버지는 금세 가락국수 그릇이 담긴 쟁반을 가져왔다.

"먹어라. 따뜻한 국물을 먹으면 속이 좀 가라앉을 거야."

아버지 말대로 가락국수 국물을 마시니 속이 더 편안해졌다. 아버지는 내가 입속의 면발을 우물거리며 다 씹기를 기다렸다가 새콤달콤한 단무지를 하나씩 집어다 내 입에 넣어주었다. 가락국수를 맛있게 먹고 나자 아버지는 나더러 이제 다시 먼 거리를 가야 할 테니 화장실에 다녀오라고 했다. 내가 화장실에서 나오자 아버지는 손에 아이스크림을 들고 나를 기다리고 있었다.

내가 가까이 오자 아버지는 내게 아이스크림을 내밀었다. 아이스크림은 차갑고 달고 시원하면서 입속에서 부드럽게 녹았다. 처음 맛보는 아이스크림은 꿈결 같은 달콤한 맛이었다. 아버지가 있다는 것은 생각보다 꽤 괜찮은 일 같았다. 다시 차에 오르자 아버지는 나더러 잠을 자는 편이 멀미도 안 하고 편안할 거라며 의자를 약간 뒤로 젖혀 주었다. 긴장이 좀 풀린 데다 가락국수를 먹은 후라 그런지 나는 금세 잠이 들었다.

"일어나라, 다 왔어."

눈을 뜨니 사방은 어느새 어둑해졌고 아버지는 길가 한쪽에 차를 세워두었다. 아버지의 손에 이끌려 큰길에서 한 번 꺾어져 들어선 골목길 끝에는 커다란 나무 대문이 달린 번듯한 한옥이 있었다.

"자, 여기가 우리 집이다. 앞으로 네가 살 집이지."

아버지가 벨을 누르고 잠시 기다리자 삐걱 소리를 내며 대문이 열리고 피부가 희고 목이 긴 여자가 나왔다. 약간 부은 듯 푸석해 보이긴 했지만 미인이었다. 여자는 아버지에게 무심한 눈길을 한 번 준 후 곧바로 나에게 눈길을 주었다.

"수혜야, 인사해라. 네 어머니시다."

아버지는 나를 돌아보며 말했다. 성북동 어머니는 우리 엄마와는 완전히 다른 느낌이었다. 엄마가 오목조목 예쁜 얼굴이었다면 성북동 어머니는 피부가 희고 귀티가 흐르는, 세련되고 도시적인 얼굴이었다. 내가 빤히 올려다보자 입술을 꼭 다물고 나를 싸늘하게 내려다보던 성북동 어머니는 아무 말 없이 몸을 돌려 집 안으로 들어가 버렸다. 성북동 어머니가 나를 반기지 않는다는 걸 느낄 수 있었다.

"들어가자."

아버지가 담담히 말하며 앞장을 섰다. 아버지의 뒤를 따라 마당으로 들어서니 네모반듯한 마당에 보도블록이 깔려있었다. 흙먼지 하나 없이 깔끔하고 반듯하게 블록이 깔린 마당은 성북동 어머니와 닮아있었다. 성북동 어머니에게는 감히 아무도 머리채를 잡고 드잡이를 하며 달려들 수 없을 것 같았다. 함부로 범접할 수 없는 아름답고 기품 있는 어머니와 훤칠하고 다정한 아버지를 둔 아이로 식구가 되어 살고 싶다는 간절한 마음이 생겼다.

마당을 지나려는데 부엌 미닫이문이 스르르 열리더니 앞머리를 짧게 자른 단발머리를 한 식모로 보이는 언니가 얼굴을 빼꼼히 내밀었다. 나를 훔쳐보려고 했던 모양인데 그만 나와 눈이 딱 마주치고 말았다. 나와 눈이 마주친 식모 언니는 민망한지 혀를 한 번 쏙 빼 물더니 도로 부엌문 안으로 사라져버렸다. 아버지 뒤를 따라 조심스레 신을 벗고 반들반들한 마루를 지나 안방으로 들어가니 그곳엔 갓 태어난 아기가 누워있었다.

"네 동생이야. 이름은 정혜. 너에게 동생이 있다고 말했지?"

내가 누워있는 아기를 가만히 내려다보며 서 있자 아버지가 내 손을 잡아 앉히며 아기를 소개해 주었다. 성북동 어머니는 여전히 나를 외면한 채 돌아앉아 있었다. 미동도 하지 않고 앉아 있던 성북동 어머니는 깊은 한숨을 토해내더니 갑자기 얼굴을 무릎에 묻으며 울기 시작했다. 아버지는 잠시 불편한 얼굴로 말없이 어머니 쪽을 바라보다가 그 불편함을 못 견디겠다는 듯이 건넌방을 향해 짜증이 섞인 소리로 식모 언니를 불렀다.

"복순아!"

"예에."

짧게 자른 앞머리의 식모 언니가 쪼르르 달려와 안방 문을 열고 고개를 들이밀었다.

"오늘부터 네가 수혜랑 한방을 써야겠다. 이 가방에 있는 옷가

지들은 그 방 빈 서랍에 정리해 주고, 오느라 피곤했을 테니 애
좀 씻겨서 일찌감치 재워주련?"

"예에."

복순 언니는 아버지에게 꾸벅 인사를 하더니 내게 손을 뻗으
며 말했다.

"가자."

복순 언니를 따라나서자 언니는 마당으로 내려가 내 세숫물을
받아주었다. 그러더니 비누칠을 해서 내 얼굴을 씻겨 주었다. 빨
랫줄에 널려있던 수건 하나를 걷어내 얼굴에 물기를 닦아준 복순
언니는 내 손을 잡고 마루로 오르더니 안방과 마주 보고 있는 건
넌방으로 데려갔다. 이부자리를 펴던 복순 언니가 말끄러미 나를
바라보더니 이불장에서 베개 하나를 더 내려 언니 베개와 나란히
놓았다. 언니는 내 속옷만 남겨두고 겉옷을 벗겨 내더니 이불자
락을 걷어냈다. 내가 이불 속으로 들어가자 언니는 불을 끄고 내
곁에 나란히 누웠다. 나는 또 낯설고 서먹한 집에서의 첫 밤을 보
내게 되었다. 오는 차 안에서 내내 잠을 잤던 데다 갑자기 막막하
고 서러운 느낌이 목구멍까지 차올라서 잠이 오지 않았다. 숨소
리도 제대로 내지 못한 채 불이 꺼져서 컴컴한 천정만 말없이 올
려다보고 있었다.

"자니?"

복순 언니가 물었다.

"아니."

목소리가 갈라져 나왔다.

"네 이름이 수혜라고 했지? 내 이름은 복순이. 나도 여기 온 지 얼마 안 됐어. 너희 엄마 그러니까 안방에 아기엄마 말이야. 아기를 낳고 몸조리하시면서 내가 여기에 오게 됐지."

"……."

"무슨 사연인지 너도 참 안됐다. 그래도 네 아버진 좋은 사람 같으니 다행이지 않니? 우리 아버진 날 빚 대신 팔아버렸어. 여긴 내가 두 번째로 팔려 온 집이야."

복순 언니는 가라앉은 목소리로 담담히 말했다.

"난, 장에서 물건이나 사고파는 건 줄 알았다. 아버지가 딸도 팔 수 있다는 건 울 아버지가 나를 팔아넘길 때 처음 알았다."

나는 아버지가 딸을 판다는 말이 무슨 말인지 몰라서 묵묵히 듣고만 있었다.

"나는 동생이 넷이나 있어. 모두 여자아이야. 엄마 뱃속엔 딸만 들어있다고 아버지가 화를 내셨지. 막냇동생이 딱 너만 해. 너 보니까 시골집에 있는 동생이 보고 싶다."

복순 언니는 말을 하다가 말고 제 설움에 겨워 목이 메는지 말 끝을 흐렸다. 나도 엄마가 보고 싶어져서 눈물이 나려고 했다.

"이리와 내가 팔베개 해 줄게."

복순 언니가 내 머릿밑으로 가느다란 팔을 밀어 넣었다. 참으려고 해도 자꾸만 꾹꾹 울음이 터졌다.

"너 우니? 울지 마, 어쨌든 여긴 네 아버지가 계신 너희 집이잖니. 너희 어머니도 나쁜 분은 아닌 것 같으니까 이제 곧 너한테도 잘해 주실 거야."

복순 언니는 어른처럼 내 어깨를 토닥토닥 두드려 주었다.

하지만 성북동 어머니와 잘 지낸다는 건 복순 언니가 생각했던 것처럼 단순하고 쉬운 일이 아니었다. 성북동 어머니는 좀처럼 내 쪽으로 눈길을 주지 않았고 말도 건네지 않았다. 아버지와 성북동 어머니는 아기가 있는 안방에서 밥을 먹었고 나는 따로 복순 언니와 건넌방에서 밥을 먹었다. 안방에 들어갈 일이 없어서 동생 정혜가 우는소리만 한 번씩 들었지, 그 작은 얼굴을 들여다볼 일이 없었다. 성북동 어머니는 좀처럼 방에서 나오질 않아 한집에 살면서도 얼굴을 보기가 어려웠다. 복순 언니 말로는 아기를 낳은 지 얼마 안 되어서 그렇다고 했다. 아버지만 아침저녁으로 내가 지내는 건넌방으로 와서 나에게 말도 걸어주고 어색하게 농담을 건네곤 했다. 어린 내가 보기에도 아버지가 나와 친해지기 위해 애쓰고 있다는 걸 알 수 있었다. 한 번씩 아버지가 퇴근길에 주전부리 거리를 사다가 잠자는 내 머리맡에 놓아준 건 내가 누려본 최고의 호사였다. 성북동에서 나와 가장 친하게 지냈던 사람은 복순 언니였다. 언니처럼 나도 살던 곳을 떠나 낯선 집으로 온 것이 딱했는지 복순 언니는 나를 마치 친동생 대하듯 하였다. 언니는 나를 부엌에 앉혀두고 누룽지도 긁어주고 옛날얘기도 해 주며 불을 지피고 밥을 하고 설거지를 했다. 시장에 갈 때도 데리고 갔고 집 생각이 나서 눈물을 찔끔거리면 나를 안고 등을 쓸어주기도 했다. 잠을 자려고 누우면 조근조근한 목소리로 자장가를 불러주곤 했다. 복순 언니의 팔을 베고 잠이 들은 날이면 엄마 꿈을 꾸었다. 자면서 복순 언니를 엄마라고 착각한 모양이었다. 성북동 어머니는 나를 유난히 챙기는 복순 언니가 못마땅했던지 한 번씩 눈을 흘기곤 했다.

"애, 넌 쟤를 데리고 들어온 자식 대하듯 하는구나."

그날도 낮잠을 자고 일어나 울먹거리는 나를 업고 마당을 서성거리며 나에게 마당에 피어난 꽃 이름을 하나씩 가르쳐주고 있던 복순 언니에게 성북동 어머니는 기어이 싫은 소리를 했다. 성북동 어머니의 똑 떨어지는 서울 말씨는 더욱 깍쟁이처럼 느껴졌다. 성북동 어머니의 눈치가 보였는지 복순 언니가 나를 슬며시 마당에 내려주었다.

"다 큰애를 업어줄 게 아니라, 정혜나 좀 업어줘 애, 내가 온종일 안고 있으려니 손목이 시큰거려 죽겠다."

성북동 어머니가 정혜를 복순 언니의 등에 업혀주며 말했다.

가끔 안방에서 아버지와 어머니가 다투는 소리가 들려왔는데, 그럴 때마다 내 이름이 튀어나왔다. 내 이름이 나오면 아버지는 말을 뚝 멎었고, 어머니는 소리를 더욱 높여서 흐느껴 울었다. 그런 날이면 아버지는 밤이 깊도록 마당을 서성이곤 했다.

어머니와 크게 다투고 난 다음 날 아버지의 퇴근이 늦었다. 성북동 어머니는 불안한지 대문간에 서서 골목을 내다보며 아버지를 기다렸다. 늦도록 아버지가 돌아오지 않자, 어머니와 나와 복순 언니 세 사람이 안방에서 늦은 저녁을 먹었다. 상을 물리고 설거지까지 마친 복순 언니가 방으로 들어와 이부자리에 누웠을 때까지 아버지는 들어오지 않았다. 아버지는 밤이 깊어서야 술에 취해서 돌아왔다. 내내 대문간을 서성이며 아버지를 기다리던 성북동 어머니는 정작 아버지가 돌아오자 심하게 짜증을 부렸다. 늘 잠잠하기만 했던 아버지가 전에 없이 큰소리를 질렀다. 그날은 아버지도 화가 잔뜩 났는지, 나를 들여다보지도 않고 곧바로 방문을 쾅 닫으며 안방으로 들어가 버렸다. 방으로 들어간 뒤에도 두 사람의 싸움은 계속되었다. 언제나 그랬듯이 내 이름을 말하는 소리가 들려왔다. 까무룩 잠결에도 내 이름 소리를 또렷하게 들을 수 있었다.

갑자기 와장창 화병 깨지는 소리가 났고 그 바람에 잠자던 갓난아기가 놀랐는지 자지러지는 울음소리가 들려왔다. 나와 복순 언니도 잠에서 깨어 두려움에 몸을 덜덜 떨었다.

"복순아! 정혜 좀 데려가거라."

아버지가 소리를 쳤다. 복순 언니가 발딱 일어나 안방으로 달려가 우는 아기를 안고 왔다. 복순 언니가 포대기를 둘러업고 한참이나 방 안을 왔다 갔다 하자, 아기는 다시 잠이 들었다. 복순 언니가 잠든 아기를 살그머니 이부자리 위에 눕혔다. 잠을 자는 아기의 얼굴은 작고 예뻤다. 나도 아기 때 이렇게 작고 예뻤을까. 갓 태어난 내가 엄마 곁에 새근새근 누워 자고 있었을 모습이 상상되지 않았다.

안방 문이 열리고 어머니가 뛰쳐나오는가 싶더니 대청마루를 지나 부엌문을 요란하게 열어젖히는 소리가 났다. 곧바로 아버지가 어머니를 뒤따랐고 우당탕 요란한 소리와 함께 두 사람의 몸싸움이 벌어진 듯했다.

"당신 미쳤어?"

아버지가 소리를 쳤다.

"위선자! 당신은 나에게 아무 할 말이 없어!"

"당신도 나를 용서하기로 했잖아. 그래놓고 매번 이러면 나더러 어쩌라는 거야.”

“견딜 수가 없어. 저 애를 볼 때마다 참을 수가 없어. 차라리 죽는 게 나을 것 같아.”

“정혜를 생각해야지. 이 칼을 놓으라고, 제발.”

“날 죽게 내버려 둬. 죽어 버릴 테야.”

결국 아버지가 어머니를 힘으로 제압하려는 듯했고, 곧이어 어머니의 날카로운 비명이 들렸다.

“아악!”

아버지도 외마디 소리를 지르더니 곧 우당탕 부엌 문짝이 마당으로 나가떨어지는 소리가 들렸다. 아버지는 울부짖는 어머니를 업고 밖으로 뛰쳐나가는 것 같았다.

한바탕 회오리바람이라도 지나간 듯했다. 잠시 넋이 빠져서 아무 말 없이 눈만 끔뻑거리고 있던 복순 언니가 갑자기 정신이 난 듯 벌떡 일어나 나가더니 활딱 열어 젖혀진 대문을 단속하고 마당으로 나가떨어진, 유리가 깨진 부엌 문짝을 다시 끼워 맞추고 있었다. 이 모든 일들은 나로부터 벌어진 거라는 걸 알기에 나는 더욱 두렵고 떨렸다. 복순 언니는 나를 가만히 안고 등을 토닥여주었다. 언니의 품에 안겨서 한참을 울던 나는 어느새 다시 잠이 들었다.

잠에서 깨니, 사나운 꿈을 꾸고 난 것처럼 어지러웠다. 복순 언니는 자리에 없고, 간밤에 복순 언니가 데려다 눕힌 정혜만 자고 있었다. 정혜를 보면서 지난밤의 일들이 꿈이 아니었다는 걸 알 수 있었다.

"깼니?"

어느새 일어나 부엌일을 했는지 복순 언니가 방문을 열고 들여다보며 말했다.

"응."

"제대로 못 잤을 텐데 조금 더 자지 그래?"

나는 고개를 저었다.

"그럼 나와서 씻어. 아침 차려줄게."

"아버지는?"

내가 일어나 앉으며 풀죽은 목소리로 물었다.

"병원에 계신대. 좀 전에 전화하셨더라."

복순 언니가 가라앉은 목소리로 말했다. 내가 가만히 고개를 끄덕이자 복순 언니는 마치 무슨 비밀 얘기라도 할 듯이 사방을 살피더니 방안으로 폴짝 뛰어 들어와 방문을 꼭 닫더니 내 귀에 대고 속삭였다.

"안방 어머니가 죽으려고 했대. 부엌칼이 바닥에 나동그라져 있고 바닥에 핏방울이 떨어져 있어서 얼마나 놀랐는지."

나는 금세 또 눈물이 그렁그렁해졌다.

"걱정 마, 다행히 크게 다치시진 않았대. 그래도 며칠 입원은
하셔야 한다더라."

복순 언니는 어른처럼 내 등을 쓸어주며 말을 이었다.

"원래 여자들은 아기를 낳으면 그렇게 우울해진다더라. 세상
사는 게 그렇게 슬플 수가 없고, 딱 죽고 싶어진대."

아기를 낳는 일은 생각보다 꽤 무서운 일인 모양인지, 성북동
어머니가 죽으려고 했던 건 내 탓이 아니라 정혜를 낳았기 때문
이라니 그나마 마음이 조금은 놓였다.

복순 언니와 나는 늦은 아침을 먹은 뒤 복순 언니가 정혜에게
분유를 타 먹이고 씻기는 동안 나는 마당 가운데 꽃밭에서 떨어
진 꽃잎을 주우며 놀고 있었다. 그때 초인종 소리가 울리더니, 누
군가 대문을 마구 흔드는 소리가 들렸다. 마침 마당에 나와 있던
내가 대문을 열자 살집이 넉넉하고 안경을 쓴 나이가 지긋한 한
복차림의 여인이 성이 잔뜩 난 표정으로 서 있었다. 그 여인은 대
문을 왈칵 밀치고 집 안으로 들어서다 말고 걸음을 뚝 멈추더니
몸을 돌려서 나를 빤히 쳐다보았다. 안경 너머로 나를 쏘아보는
그 눈길이 어찌나 싸늘한지 오싹해질 정도였다.

"네가 그 아이로구나."

복순 언니가 뒤늦게 허둥지둥 손님을 맞으러 달려 나오고 나
서야 차가운 눈길을 내게서 거두었다.

"정혜 분유와 옷가지 좀 챙겨다오. 정혜는 당분간 내가 데려고 있어야겠다."

그녀가 복순 언니에게 말했다.

"아, 예에."

복순 언니가 허리를 굽혀 인사를 하더니 내게 속삭였다.

"인사해, 정혜 외할머니셔."

"안, 안녕하세요?"

내가 눈치를 보며 인사했지만, 여인은 내 쪽은 돌아보지도 않고 안쪽의 복순 언니에게 소리를 쳤다.

"얘, 포대기랑 기저귀도 챙겨라. 목욕용품하고 베이비파우더도 챙기고. 아휴, 이게 웬일이야, 글쎄."

"예에."

복순 언니가 안방과 건넌방을 분주히 오가며 아기용품을 챙겼다.

"얘, 포대기는 나를 다오. 내가 아예 업고 가야겠다."

"예에."

복순 언니가 가방에 챙겨 넣었던 포대기를 도로 꺼내서 여인에게 가져다주자 그녀는 건넌방에 누워있던 정혜를 등에 업으며 성이 잔뜩 난 얼굴로 들릴 듯 말 듯 혼잣말처럼 아버지에게 욕을 했다.

"원, 세상에 열 길 물속은 알아도 한 길 사람 속을 모른다더니, 어떻게 그렇게 세상 순진한 얼굴을 하고 사람 뒤통수를 치나, 그래."

정혜 외할머니는 복순 언니가 정신없이 챙겨준 아기 보따리를 받아들고 쌩하니 찬바람을 일으키며 마당을 지나 대문을 우당탕 요란하게 닫고는 나가 버렸다. 어머니 아버지도 없고 정혜까지 할머니 댁으로 떠나고 난 집안은 절간처럼 적막했다. 텅 빈 집안에 동그마니 남은 나와 복순 언니는 점심때가 지나도록 말없이 대청마루 끝에 앉아 있었다.

"누룽지 눌었는데, 점심으로 눌은 밥 먹을래?"

복순 언니가 정적을 깨고 말했다. 내가 고개를 끄덕이자 복순 언니가 솥에 물을 부어 눌은밥을 만들어 상을 차려 내왔다. 그리고 우리 둘은 아무도 없는 고요한 대청마루에 마주 앉아 말없이 늦은 점심을 먹었다.

아버지는 그날부터 출근 전에 병원에 입원해 있는 어머니를 보기 위해 밥도 안 먹고 새벽같이 집을 나섰다가 저녁에는 퇴근 후 병실에서 시간을 보내다가 밤이 늦어서야 집으로 돌아왔다. 집으로 돌아온 아버지는 한 번씩 생각난 듯이 나를 돌아보며 애써 웃어주었지만, 대부분 시간은 마치 나를 잊은 사람처럼 보였다. 어쩌다 마주친 아버지의 눈빛은 전보다 더 쓸쓸하고 슬퍼 보였다 우리는 한 집에서 함께 살아도 서로 섞일 수 없는, 결코 친해질 수 없는 아주 낯설고 이상한 가족이었다. 나는 밤마다 잠들기 전에 진심으로 아버지와 성북동 어머니와 어린 동생 정혜와 한 가족이 되어 성북동 집에서 함께 살게 해 달라고 빌었다. 그러면서도 마음속에서는 불쑥불쑥 내가 성북동에서 오래 버틸 수 없을 거라는, 불길한 예감이 고개를 쳐들었다.

성북동 어머니는 퇴원 후 집으로 오는 대신 가회동 친정으로 가버렸다. 아버지도 어머니가 있는 가회동에 머물며 집에 돌아오지 않는 날이 많았다. 나와 복순 언니가 이른 잠자리에 들었던 어느 날 아버지는 밤이 늦은 시간에 집으로 돌아왔다. 문밖에서 아버지가 복순 언니의 이름을 몇 차례 불렀지만, 그날따라 복순 언니는 피곤했는지 깊은 잠에 빠져서 듣지 못했다. 나는 잠에서 깨었지만 어쩐지 불안한 마음에, 대답하지 못했다. 아버지는 조용히 우리가 자는 건넌방 문을 열더니 불을 켜지 않은 채 어둠 속에서 내 서랍 속의 옷가지를 꺼내 내가 가지고 왔던 여행 가방 속에 넣었다. 불룩해진 가방의 지퍼를 닫은 아버지는 터지려는 울음을 참고 있는 것 같았다. 아버지가 내 머리맡에 앉아서 한참 동안 말 없이 나를 내려다보는걸, 이마 위로 느끼면서도 나는 그냥 자는 척을 했다. 그래야 울음을 참는 아버지가 부끄럽지 않을 것 같아

서였다. 나 역시 아버지처럼 터져 나오려는 울음을 참느라 안간
힘을 쓰고 있었다.

다음날 아버지는 일찌감치 어머니가 있는 가회동으로 가는 대
신 복순 언니가 차려온 아침상을 받고 나와 복순 언니와 함께 아
침밥을 먹었다. 아버지는 밥을 먹는 나를 물끄러미 쳐다보기도
하고 한 번씩 반찬을 내 밥숟갈 위에 놓아주기도 했다.

"금송리 큰고모 집으로 가자. 씻고 옷 갈아입어."

밥을 먹고 나서 복순 언니가 상을 내가자 아버지는 무심한 듯
말했다. 나는 순순히 일어나 구겨질까 벽에 걸어 두었던, 내 유일
한 외출복인 흰 주름치마가 달린 세일러복을 다시 입었다. 나는
담담했는데 대문 앞에 나와 나를 끌어안고 울음을 터뜨린 건 오
히려 복순 언니였다. 복순 언니는 그동안 나와 정이 많이 들었던
모양이었다.

"잘 가."

복순 언니의 말에 나는 아무 말 없이 그저 고개를 끄덕였다.
나도 복순 언니에게 뭔가 따뜻한 작별 인사를 하고 싶었지만 무
슨 말을 해야 할지 몰랐다. 그렇지만 진심으로 복순 언니가 행복
하길 바랐다. 더는 언니의 친아버지에게 물건처럼 팔려 다니지
않길 바랐다.

커다란 여행 가방을 싸 들고 아버지와 함께 금송리 고모 집 마

당으로 들어섰을 때 마침 한 손에 밀짚모자를 들고 들일을 나가려던 고모부와 딱 마주쳤다.

"와, 느그 아부지 집에서도 몬 살고 쫓기 왔노. 쯧."

고모부는 아버지에게는 눈길을 주지 않은 채 나를 말없이 내려다보더니 지나가는 말처럼 무심하게 말했다. 아버지 역시 고모부와 눈을 마주치지 못하고 고개를 숙이고 있었다. 대문을 나서는 고모부의 낡은 러닝셔츠 밖으로 검게 그을린 어깨와 팔뚝이 드러나 보였다.

"됐다. 내가 늘그막에 딸내미 하나 얻었구마."

고모부는 대문간을 넘으며 심상히 혼잣말하며 문밖으로 멀어졌다. 반쯤 열린 대문 틈으로 서쪽 산에 낮게 걸린 햇빛 속으로 멀어지는 고모부의 뒷모습이 보였다. 아버지와 나는 고모부의 뒷모습을 오래 바라보았다.

"참말로 독하기도 독하데이. 이해가 아주 안 가는 기는 아이지만도, 우째 그래 죽겠다는 소리를 쉽게 하노?"

고모는 큰 소리를 내며 성을 냈지만 결국 어쩔 수 없는 일이었다.

"우짜것노, 핏줄인데! 느가 못 거두면 내가라도 거두야지."

아무 말도 못 하고 고개만 숙이고 있는 아버지에게 고모가 말했다. 나는 마치 외출에서 돌아온 듯, 이전에 내가 지냈던 건넌방으로 가서 옷을 갈아입고 여행 가방 속에 있는 옷들을 꺼내 서랍 속에 넣었다. 아무 일도 없었던 듯이 마당에 내려서서 우물물을 퍼 올려 손과 얼굴과 목덜미를 씻었다. 늦기 전에 그만 가 봐야겠다는 말로 길어지는 고모의 말을 끊고 일어선 아버지는 아직 마당에 앉아 얼굴을 씻고 있는 나를 못 본 척 그냥 스쳐 지나갔다. 내가 아버지에게 눈물을 들키고 싶지 않아 오래 씻고 있었던 것처럼 아버지도 나에게 눈물을 들키고 싶지 않았던 것이었다.

나는 다시 손가락을 꼽아 엄마가 나를 데리러 올 날짜를 세기 시작했지만 엄마가 말 한 백 밤이 다 지나도록 엄마는 오지 않았다. 백 밤을 훌쩍 넘기고 흰 눈이 펄펄 내리는 겨울이 되었는데도 엄마는 소식 한 장 없었다. 고모 집에서 사는 건 나쁘지 않았다. 식구들은 내가 처음 그들 앞에 나타났던 때보다, 성북동에서 쫓겨 온 후 더 친절해졌다. 어지간한 일이 아니고는 나에게 언성을 높이는 일이 없었다. 물론 나도 그들이 나에게 언성을 높일 만한 일을 하지 않았다.

"아가 아 같아야지, 니는 와 애어른 같노. 쯧!"

오히려 나의 그런 모습에 고모는 눈을 흘기며 혀를 찼다.

나는 성북동으로 떠나기 이전처럼 매일 아침밥을 먹고 나면 아이들이 모인 공터로 나갔다. 하지만 아이들은 여전히 나를 힐끔거리기만 할 뿐 자기들 놀이에 끼워주지 않았다. 햇살이 비치는 따스한 담벼락에 등을 대고 서서 아이들이 노는 모습을 바라보고 있다가 밥 먹을 시간에 맞춰 집으로 와 끼니를 챙겨 먹었다.

"야야, 느그덜 와 우리 수혜는 안 낑가주노?"

아이들과 어울리지 못하고 따로 도는 나를 본 고모가 한 번씩 질그릇 깨지는 소리를 치면 어정쩡히 끼워주는 척하다가 고모가 멀어지면 다시 데면데면하게 굴었다. 겨울을 보내고 봄이 되어 나는 학교에 갈 수 있게 되었다. 나를 고모 집에 살게 하는 조건으로 아버지는 내 이름을 아버지의 호적에 올렸고 그 덕에 취학 통지서를 받을 수 있었다. 내가 취학 통지서를 받고 무사히 학교에 입학할 수 있게 되었다는 걸 엄마가 알았다면 무척이나 기뻐했겠지만, 엄마는 그때까지 소식 한 장 전해오지 않았다. 가끔 꿈속에서나 엄마를 보았는데 엄마와 둘이 살던 집에서 헌 이불을 뒤집어쓰고 혼자 죽어있는 걸 발견하는 꿈이었다.

입학식 날 나는 엄마가 이미 오래전에 학교에 갈 때 입으라고 준비해 두었던 흰 주름치마가 달린 세일러복을 입었다. 무릎 밑에서 찰랑거리던 치맛자락이 맞춤하게 무릎에서 찰랑대는 것으로 보아 내 키가 조금 자란 것 같았다. 고모는 아직 날이 쌀쌀하다며 두꺼운 타이츠를 신겨주고 세일러복 위에 스웨터를 덧입혀주었다.

새 옷을 입고 학교에 가려고 대청마루에 나와 보니 언제 내려왔는지 아버지가 말쑥한 양복을 차려입고 마당에 서 있었다. 그 곁에 성북동 어머니는 보이지 않았다. 아버지는 정혜가 어려서 어머니가 함께 올 수 없었다고 둘러댔지만 그건 핑계일 뿐이었다. 혹시나 엄마가 내 입학식을 보기 위해 운동장 어디쯤 서 있지는 않을까 두리번거렸다. 운동장 가장자리를 둘러싼 많은 사람 틈에 아는 얼굴이 보일까 싶어 샅샅이 살폈지만, 엄마 얼굴은 없었다. 사람들 사이로 엄마의 상아색 주름치마 자락이 스쳐 지나가지는 않는지 틈틈이 둘러보았지만, 어디에도 엄마는 없었다. 다만 많은 사람 틈에서도 번듯하게 돋보이는 아버지의 모습을 확인할 수는 있었다. 입학식을 마치고 아버지는 가족사진을 찍자고 했다. 함께 갔던 고모는 옷차림이 변변찮다고 한사코 안 찍겠다고 하는 바람에 사진은 아버지와 단둘이만 찍었다. 사진사 아저씨가 내게 안겨준 플라스틱 가짜 꽃바구니를 안고 운동장 한가운데서 교사를 배경으로 찍은 그 사진은 내가 아버지와 함께 찍은 유일한 사진이 되었다. 사진이 나오자 고모는 그 사진을 자개가 박힌 반들반들 윤이 나는 액자 속에 넣어 책상 위에 올려놓았다. 사진 속 아버지의 미소는 더없이 쓸쓸해 보였다.

성북동 어머니는 정혜 밑으로 동생을 하나 더 낳았다. 성북동 어머니가 신혜를 낳자 아버지보다 고모가 더 좋아했다. 아버지와 어머니 사이가 회복된 것을 기뻐하는 것 같았다. 고모는 늘 지금은 아버지가 성북동 어머니한테 죽어지내도 예전에는 성가실 정도로 성북동 어머니 쪽에서 아버지를 쫓아다녔다고 자랑삼아 말했다. 고모 말대로 아버지와 어머니의 사이는 좋아져서 그사이에 동생이 하나 더 생겼지만 나는 아버지와 점점 더 서먹한 사이가 되어갔다. 내가 사춘기에 접어들면서는 나보다 아버지 쪽에서 더 나를 어려워했다. 아버지가 그럴수록 성북동 어머니와도 점점 더 모르는 남처럼 지내게 되었다. 아버지는 나를 만나기 위해 어쩔 수 없이 명절 때마다 내려오는 것 같았지만 내게는 그저 한 번씩 내려오는 낯선 손님일 뿐이었다. 동생이라고는 해도 자주 만나지 못하는 정혜와 신혜 역시 올 때마다 몰라볼 만큼 키가 자라 있어서 볼 때마다 낯설었다. 정혜와 신혜는 나를 언니라고 불렀지만, 그들이 정말 나를 친언니로 알고 있는 건지는 알 수 없었다. 매번 나와 마주칠 적마다 소스라치듯 놀라는 성북동 어머니의 눈빛도 싫었지만 나를 바라보는 아버지의 슬프고 미안한 눈빛은 더 싫었다. 아버지의 그런 눈빛이야말로 나를 더 슬프고 초라하게 만든다는 걸 아버지는 알지 못했다. 내 존재 자체가 모두에게 상처가 된다는 사실이 나를 더 아프게 했다.

첫 만남

내가 태완을 처음 보았던 건 성북동에서 고모 집으로 내려왔
을 때였다. 내가 아이들이 모여 있는 공터의 한쪽 담벼락에 기대
어 왁자지껄 참새 떼처럼 재잘거리는 아이들을 바라보고 있을 때
그도 나처럼 담벼락 다른 한쪽에 서 있었다. 이마가 반듯한 그 아
이의 눈동자에는 또래의 아이들에게서 볼 수 없는 우수가 담겨
있었다. 어떤 일에도 관심이 없다는 듯이 무심한 얼굴로 서 있던
그 아이는 장난꾸러기 아이들이 내게 몰려와 나를 괴롭히고 놀려
댔을 때 단호한 얼굴로 나서서 아이들을 쫓아준 적이 있었다. 그
날 이후에도 아이들은 여전히 나를 놀이에 끼워주지 않았지만 나
를 괴롭히거나 놀려대지는 않았다. 그리고 그날 이후 내 눈에는
언제 어디서든 그 애만 보였다.

나는 그 애에게서 무엇을 본 걸까. 아니 어쩌면 겉으로는 당차 보이지만 그 안에 느껴지는 한없이 슬프고 쓸쓸해 보이는 그 아이에게 어떤 친숙함을 느꼈던 걸까. 먼데 빈 하늘에 눈길을 두고 있는 그 아이에게서 느껴지는 슬픔을 알고 난 이후 내 마음은 더욱 그 애에게로 향했다. 내가 점점 자라면서 어느 날부터인가 고개를 돌려 보지 않아도 그 애가 어디쯤 있는지 그냥 느낄 수 있었다. 그 애가 거기에 있다는 걸 느끼면 동시에 내 마음이 저릿저릿 아팠다. 너무 아파서 더 그 애 쪽으로 고개를 돌릴 수 없었다. 가끔 여럿이 몰려다니며 축구공을 찰 때나 한 번씩 그 애를 눈으로 좇았을 뿐이다.

누군가를 사랑하는 건 말 한마디 섞지 않아도, 눈을 마주치지 않아도 충분한 일이라는 걸 나는 그 애를 통해서 알게 되었다. 그 애와 단 한마디도 말을 나눠본 적도 없고 서로의 눈을 마주 본 적이 없었지만 내 마음과 온몸의 세포 하나하나는 종일 그 아이를 향해 눈을 뜨고 있었다. 매일 아침 눈을 떠서 잠이 들 때까지 그 아이를 떠올렸다. 길을 걸을 때도, 밥을 먹을 때도, 심지어 잠을 잘 때조차 꿈에서 그 아이를 생각했다. 내 머릿속에서는 그 아이를 향한 생각이 한순간도 멈추지 않았다.

내가 정말 슬프고 마음이 아팠던 건 그 애가 하필이면 동네에서 나를 가장 싫어하며, 마치 나를 벌레 보듯 치를 떠는 무실 댁의 외동아들이었기 때문이었다.

무실 댁이 나를 끔찍하게 여기게 된 건 내가 처음 이 동네에
왔을 때 동네에 떠돌던 소문 때문이었을 것이다. 동네마다 말하
기 좋아하는 여편네들이 있게 마련이고, 우리 동네에서도 여편
네들이 나를 두고 쑥덕댔다. 어디서 나온 소리인지 처음에는 내
가 고모부가 밖에서 낳아 온 자식이라는 해괴한 소문이 돌았다.
어린 내 귀에까지 들려온 그 소문을 고모부나 고모가 듣지 못했
을 리 없었는데 두 사람 다 내 앞에서 소문에 대해 이렇다 저렇다
말 한마디 하지 않았다. 한 번은 작은오빠가 밖에서 무슨 말을 들
었다며 도대체 왜 대응하지 않는지를 따져 물었다. 고모부는 "뭐
대응할 일이라꼬. 말 같아야 대응을 하제. 냅두라 마, 하다 지치
면 그만 하겠지. 아이믄 그 뿐 인기라." 할 뿐이었다. 그러다가
내가 성북동 집으로 떠나면서 소문은 잠시 수그러드는 것 같다가
내가 다시 성북동 집에서 쫓겨나 고모 집으로 돌아오자 소문은
이전보다 더 해괴해져서 돌기 시작했다.

"들었나? 수혜 저 아 부모가 서로 이종 간이었다 카데?"

"하이고, 망측해라. 우찌 이종 간에."

"원체, 콩가루 집안이라 카드라."

"아 어매가 다리가 한 짝밖에 읎는 외다리였다 카는 말도 있던

데."

"에구, 징그러버라. 외다리?"

"외다리는 아이고, 한쪽 다리가 뒤틀리고 영 짧아가 한 번 걸을라카믄 궁디를 얼매나 뒤틀던지……. 내가 안다. 저 아 어매가 치녓 적에 여그 즈그 언니 집에를 자주 들락거렸다 아이가."

"그랬나. 그런 몸땡이로 사내는 후릴 줄 알았는가비네."

"열 기집 마다하는 사내 봤드나? 그저 절구통에 치마를 둘러봐라, 마다하나. 저 아 어매가 그래도 생긴 거는 미출한기 끼가 보통 아니었다 카더라."

"에그, 말 만 들어도 남새스럽데이. 우예 그런 드러븐 짓꺼리를."

엄마와 아버지가 이종 간인 건 틀린 말이 아니라 고모도 딱히 변명할 수 없었다. 여편네들은 틈만 나면 모여서 남의 말을 밥 먹 듯 하며 키들거렸다. 여편네들은 출생이 분명하지 않고 비밀스러운데다 의심스럽기까지 한 나의 이야기로 고된 농사일에 지친 그들의 피로를 해소하는 듯했다. 그러나 그 소리를 들으며 천 갈래, 만 갈래로 찢어지는 어린 내 심정을 그들은 몰랐다. 들을 때마다 서럽던 그 소리도 자주 들으면서 익숙해졌는지 언제부터인가 무덤덤해졌다.

무실 댁은 금송리 여편네들 누구보다도 더 힘주어서 '더러븐 핏줄'이라고 내 앞에서 대놓고 욕을 했다. 나를 볼 때면 언제나 벌레 보듯 몸서리를 쳤고 좁다란 오솔길에서라도 마주치는 날에는 재수가 옴 붙었다며 내 앞에서 침을 뱉었다. 고모가 화를 참지 못하고 그 집에 쳐들어가 밥상을 둘러 엎기도 여러 차례 했지만 무실 댁을 당해낼 재간이 없었다. 되레 넋이 빠진 듯 눈이 퀭해서 기진맥진 돌아온 고모가 대청마루에 쓰러져 누우며 되뇌었다.

"아이고, 그 미친년 내가 두 손 두 발 다 들어삤다. 그래 싸나븐 년은 살다 살다 첨 본다 카이."

"씰데읎시 뭐할라꼬 거그까지 달려 갔드노. 말 같지 않은 말은 상대를 말아야제 대거리해서 쌈박질 하모 똑같은 사람 된다 아이가!"

고모부가 기진해 쓰러져 누운 고모의 목 밑으로 목침을 괴어 주며 혀를 찼다.

"내야, 핏줄이라 그렇다 쳐도, 당신한테 미안해서 내가 안 그라나."

고모는 고모부에게 면목이 없어 공연히 큰소리를 내며 돌아누웠다.

"됐다 고마, 아 보는데 자꾸 대거리하고 드잡이하고 그라지 말거래이. 자네가 자꾸 그 카면 안 그래도 풀 죽어 지내는 아가 더 힘들다, 아이가."

"아이고, 내 팔자야. 애라이 그년이 내하고 무신 철천지원수가
져서."

고모부가 거친 목소리로 꽥 소리를 지르자 고모는 이 모든 일
은 엄마 때문이라는 듯이 엄마를 원망하며 눈물을 흘렸다. 무심
한 척 돌아앉은 내 눈에서도 툼벙 눈물 한 방울이 떨어졌다. 얼마
쯤 아무 말 없이 모로 누워있던 고모가 내가 우는 걸 눈치챘는지
여전히 돌아누운 채 나직한 목소리로 말했다.

"니, 우나? 울지 마래이, 니 때문 아이다. 니가 무신 잘못이고?
어른들이 니한테 못할 짓 한다. 미친년도 지 설움을 공연히 니한
테 푸는기다. 지 팔자 더러븐 걸 와 죄 없는 니한테 푸는동 모르
지만도 미친년 하는 지랄을 누가 말리것노. 따지고 보믄 그년 팔
자도 기구하지."

무실 댁도 따지고 보면 나만큼이나 딱한 여자였다. 태완이 아
버지 강용수가 무실 댁과 혼인하기 훨씬 전, 스무 살 총각 시절부
터 시장통에 사는 여자와 눈이 맞아 일찌감치 살림을 차렸다. 부
모가 기함하며 별별 수를 내어도 두 사람을 떼어놓을 수 없었다.
어떻게든 그 여자와 떼어놓기 위하여 중신아비를 시켜 무실 삼거
리에 없이 사는 집 처녀 무실 댁과 혼인까지 시켰지만, 소용이 없

었다. 그러니 무실 댁은 시집을 오기도 전에 이미 소박맞은 기구한 여자였다. 시부모 살았을 적에야 그 그늘에 살았겠지만, 시부모가 앞서거니 뒤서거니 세상을 떠나고는 오직 혼자 몸으로 버텨야 했다.

무실 댁은 자신의 처지가 그래서였는지, 시집와서 내내 동네 사람들과 잘 어울리지를 못했다. 원래도 사근사근하지는 않았던 사람이었다. 서방 뺏기고 세상 풍파를 홀로 견디다 보니 더욱 퉁명스럽고 뚝뚝할 뿐 아니라, 경우도 없고 안하무인이라 사람들이 되도록 상대하고 싶어 하질 않았다.

그러다보니 동네 사람들과는 데면데면 말도 잘 섞지 않는 사람이 이상하게 나만 보면 목소리가 커지고 눈이 화등잔만 해져서 거친 욕을 하며 삿대질을 해댔다. 동네 사람들이 나를 두고 수군대는 소리에 그녀의 무의식이 시장통 여자와 우리 엄마를 동일시한 것인지도 몰랐다. 하지만 그녀의 욕지거리를 들어내기에 나는 너무 어렸고 슬펐다.

내가 중학생이 되고, 고등학생이 되었지만, 무실 댁의 나를 향한 분노는 누그러지지 않았다. 내 쪽에서 그녀를 피하는 수밖에 없었다. 그녀의 동선을 피해 일부러 빙 돌아서 다니며 되도록 그녀와 마주치지 않으려고 노력했다.

내가 고등학생이 되자 고모가 시장에서 옷 몇 벌 사 주겠다고 해서 함께 버스 정류장으로 나가던 참이다. 산모롱이를 막 돌았는데 거기서 하필 무실 댁과 딱 마주쳤다.

"아침부터 재수 읎구로, 더러븐 년이 와 길을 막노, 카악! 퉤."

그녀의 욕지거리를 듣는 거야 이력이 났지만, 하필 고모와 함께 있다는 것이 민망했다. 나는 그저 눈을 질끈 감고 입술을 깨물며 몸을 돌려 길을 비켜주었다.

"참말로, 낯짝도 두껍데이, 세상 부끄러븐 줄 모리고 동네방네 휘젓고 댕긴데이!"

"아니, 저 미친년이 또 시작이래이. 재수 없다니, 누가 할 소리를 하는동 모리것네. 건드려 봐야 똥 냄시 밖에 더 나겠나 싶어서 안 건드렸드마는 지가 무서버서 그런 줄 아는개비다, 아이?"

역시 길 한쪽으로 몸을 돌리고 서 있던 고모가 참을 수 없다는 듯이 그녀 앞쪽으로 다가서며 소매를 걷어붙였다. 당장이라도 달려들 기세였다.

"아이, 고모까지 왜 이래요. 그만, 그만 하세요."

나는 고모의 옷자락을 붙잡으며 말렸다.

"오야 그래, 한 판 붙어 보까? 누가 미친년인지 한 판 붙어 가려 보까?"

무실 댁은 오히려 잘 됐다는 듯이 한 번 더 카악 소리 내어 침을 뱉으며 소매를 걷어 올렸다.

"아잇, 그만 좀 해!"

미처 못 보았는데 무실 댁 뒤편에 태완이 서 있었다. 태완의 짜증스러운 외침에 무실 댁이 움찔했다. 경우 없고, 세상 무서운 게 없는 무실 댁이지만 자기의 끔찍한 아들 태완의 말은 어려워 했다. 그녀에게 태완은 유일하게 믿고 의지하는 피붙이로 어쩌면 그녀의 삶의 의미라고 할 수 있었다.

"제발, 내가 엄마 때문에 못 살겠어. 내가 죽을 것 같다고. 제 발……."

태완이 울 듯한 얼굴로 말했다. 태완의 말에 무실 댁은 걷었던 소매를 은근슬쩍 풀어 내렸다. 고모 역시 슬그머니 비켜서며 눈만 허옇게 흘겨보았다. 미간을 찌푸린 채 고개를 숙이고 빠른 걸음으로 앞장서는 태완을 무실 댁이 종종걸음을 치며 따라갔다.

"참말로, 내 속을 누가 알것노. 내가 무신 팔자로 저런 사람 겉지도 않은 년한테 이런 수모를 당하는동 모리겠다. 느그 아부지 하고 니는 평생 내헌테 빚을 지는 기다. 하긴 미친년이 미친 지랄 하는 기를 우예 말리것노."

멀어져가는 태완의 모자를 뒤돌아보며 고모가 울 것 같은 얼굴로 말했다.

아버지와 성북동 식구들은 해마다 설날과 추석이면 금송리 고모 집으로 내려왔다. 아버지 고향이며 고모의 친정인 덕전리 선산에 모셔둔 할아버지 할머니 묘소에 성묘 때문이기도 했지만, 그보다는 데리고 살지 못하는 딸인 나를 명절 때만큼은 돌아보아야 한다는 부담이 있었을 터였다. 하지만 나보다 여섯 살, 아홉 살이나 어린 정혜와 신혜와 어울려 같은 자동차를 타고 성묘를 다녀오는 일은 언제나 불편했다. 정혜와 신혜는 서로 참새처럼 재잘거리며 까르르 웃음을 터뜨리곤 했지만 나는 그 애들과 나눌 이야깃거리도 없었고 그 애들 얘기가 나도 함께 웃어줄 만큼 재미가 있지도 않았다.

별 말없이 앞자리에 앉아 전방만 응시하는 아버지와 어머니도 어렵긴 마찬가지였다. 아무도 콕 짚어서 말하지는 않았지만 나는 그들 속에 섞이지 못했고 그들도 나와 함께하는 게 자연스럽지 않았다. 우리는 가족이지만 서로가 매우 불편하고 비정상적인 관계였다. 모두가 불편하다는 걸 알면서도 서로 그렇지 않은 척했다. 하지만 나는 점점 더 그런 시간을 보내는 일에 지쳐갔다. 내 아버지와 어머니조차 가족처럼 느껴지지 않는 나에게 한 번도 보지 못한 할아버지 할머니 묘지를 찾는 일도 의미 없었다. 성북동 식구들이 덕전리 선산에서 성묘를 마친 후 서울로 바로 돌아가지 않고 굳이 금송리 고모 집으로 돌아와 명절 오후를 보내는 것도,

고모 집에 홀로 남겨진 나를 배려한 일이었을 터였다. 어릴 때야 멋모르고 그 시간을 묵묵히 견뎠지만, 내가 고등학생이 된 뒤로는 하릴없이 과일이나 깎아 먹으며 성북동 식구들과 어색하게 부딪히는 시간이 점점 견디기 힘들었다.

추석 성묘를 마치고 집으로 돌아온 성북동 식구들은 점심을 먹고 출발하겠다고 했다. 고모와 성북동 어머니는 부엌에서 점심 준비를 하는 모양이고, 아버지는 사촌 오빠들과 동생들과 함께 마루에서 텔레비전을 보고 있었다. 나는 그 불편한 공기를 견디지 못해 밀린 공부를 핑계 삼아 책가방을 싸 들고 나섰다. 마루 끝에 앉아 있던 고모부가 댓돌 위의 운동화를 찾아 신는 내 쪽을 무심한 얼굴로 돌아보았다. 내 속을 모를 리 없는 고모부가 마루 한쪽에 밀어둔 차례상에서 물려낸 약과와 과일을 몇 개 집어 가방에 넣어주며 말했다.
"점심 한다는 데, 밥이나 묵고 나가든지. 날도 추분데 모한다 꼬 나가노…… 쯧쯧."
고모부의 딱한 눈길을 느끼며 나는 그대로 집을 나서서 익숙한 걸음으로 뒷산을 올랐다. 내가 늘 가던 키가 작고 못생긴 소나무를 찾아갔다. 뒷산 중턱쯤에 있는 심하게 휘어져 볼품없는 그 나무는 볼 때마다 절름발이였던 엄마의 모습이 떠올랐다. 언제부턴가 뒷산에 오르면 늘 그 자리에 가서 소나무 밑동에 등을 기대고 앉아 시간을 보내고 내려오곤 했다. 그런데 그날은 나보다 먼저 누군가 와 있었기에 나는 걸음을 멈췄다. 그는 두 무릎 사이에 얼굴을 묻고 웅크리고 앉아 있었다. 등이 떨리고 있는 걸로 봐서 그가 울고 있음을 알 수 있었다. 발걸음을 돌리려다가 문득 걸음을 멈추었다. 얼굴이 보이지 않았지만 나는 그 까까머리 남자가 누군지 알아볼 수 있었다.

울고 있는 건 태완이었다. 나는 그 자리에 서서 떨리는 그의 등을 말없이 내려다보았다. 나의 기척을 느꼈는지 그가 고개를 들어 젖은 눈으로 나를 올려다보았다. 그와 눈이 마주치자 나는 더욱 꼼짝을 할 수가 없었다. 나는 그를 오랜 세월 동안 바라보았지만 단 한 번도 서로 마주 본 적은 없었다. 눈이 마주치자 꼼짝을 하기는커녕 숨을 쉬기도 어려울 정도였다. 말없이 그대로 서 있다가 뒷걸음을 치려는데 그가 나를 불러 세웠다.

"박수혜."

그가 내 이름을 부른 건 처음이었다.

"……."

"도망가는 거니?"

"……."

"울은 건 난데, 네가 왜 도망가?"

태완은 어느새 울음을 그쳤는지 나를 놀렸다.

"도망가는 거 아냐."

"그럼 왜 뒷걸음질 친 거야?"

"그건…… 네가 혼자 있고 싶을 것 같아서."

"아니. 나는 지금 혼자 있고 싶지 않아. 잠깐만 나랑 함께 있어 줄래?"

태완이 낮은 목소리로 말했다. 함께 있어달라니……. 내가 긴장했다는 걸 그가 알아챌까 두려웠다.

"너, 나 좋아하지?"

"……!"

뜻밖의 질문에 나는 숨이 턱, 막혀서 아무 말도 할 수 없었다. 나의 오랜 비밀을 들켜버린 것 같았다.

"왜, 아무 말도 안 해?"

태완이 물었다. 나를 조롱하는 것 같아서 뺨이라도 한 대 후려치고 돌아서 산에서 내려가고 싶지만, 마음과는 달리 얼굴이 달아오르고 부끄러워서 몸을 움직일 수 없었다.

"오늘 사실 너 만나고 싶어서 여기 온 거야. 너를 기다리고 있었어."

"나, 나를 기다렸다고?"

"그래. 나는 오래전부터 네가 자주 혼자 여기 와서 책도 읽고 해가 지도록 앉아서 노을 진 마을을 내려다본다는 거 알고 있었어."

"나를 뒤쫓았었니? 왜?"

내 목소리가 떨리고 있었다.

"언젠가 혼자 산에 올라와 있다가 네가 여기 와서 앉아 있는 걸 봤어. 그 후에도 종종 네가 이 자리에 앉아 있는 걸 보았지. 가끔 네가 책을 들고 산에 오르는 걸 보면 나도 멀찍이 뒤 따라 올라와서 저만치 떨어져 앉아 있다가 내려가기도 하고."

"왜?"

"몰라."

"……."

"그냥, 널 보면 나를 보는 것 같아."

"……."

"이상해. 널 처음 보았을 때 난 왈칵 눈물이 났다."

우린 서로에게서 무엇을 보았던 것일까. 반듯한 이마와 우수에 찬 그의 눈동자를 보며 나 역시 가슴 뻐근한 슬픔 같은 걸 느껴왔다.

"우리 엄마 일은…… 늘 너에게 미안해."

"……."

"나도 알아, 우리 엄마가 너한테 억지소리 하는 거. 그런데 너도 알다시피 우리 엄마는 누구도 건드릴 수 없어."

"……."

"그런데 넌 우리 엄마 앞에서 어떻게 그렇게 고요할 수가 있는 거니?"

"고요…… 내가 그래 보여?"

"응, 화가 날 텐데 어떻게 그렇게 가만히 있을 수가 있는 건지. 화, 안 나?"

"화, 나."

"그렇구나. 너도 화가 나는구나."

잠시 생각에 잠긴 듯 말이 없던 태완은 도로 무릎 사이에 얼굴을 묻으며 말했다.

"그래도 넌 어쩌다 한 번씩 마주칠 뿐이지만, 나는 같이 사는 아들이다."

무슨 말을 해야 할지 몰라 가만히 있자 그가 혼잣말하듯 말을 이었다.

"난 돌아버릴 지경이야. 숨이 턱턱 막혀서 숨을 쉴 수가 없다."

"……."

"오늘 같은 명절이 그런 날이야. 이런 날은 거의 미친 사람처럼 발작해. 도망치듯 빠져나왔어. 그러고는 아까부터 너를 기다렸다."

"나, 나를?"

"다른 사람은 몰라도, 너라면 내 마음을 알아줄 것 같았어. 아무 말 없이 그냥 내 등을 쓸어줄 것 같았어."

"……."

"우리 엄마 말이야, 잠잠히 서너 달 지나간다 싶으면 불쑥, 한 번씩 사람 혼을 빼놓는다. 한 번씩 속에서 용암이 치솟아 오르는 모양이야. 완전히 미쳐서 날뛸 때는 당해낼 재간이 없다. 차라리, 내가 죽어버렸으면 싶어."

태완은 깊은 한숨을 토해내었다.

"엄마가 한 번씩 미쳐 날뛸 땐 내가 속으로 무슨 생각 하는지 아니? 난 집에 확 불을 질러 버리고 싶어. 활활 타오르는 불 속에서 엄마와 나 둘 다 불에 타서 죽어버리고 싶어. 그래서 이 끝도 없는 지옥 같은 삶을 그만 멈추고 싶어."

"……."

사람이 얼마나 고통스러우면 죽는 게 낫다고 느끼는 것일까. 나 역시 내 삶이 힘겹지 않은 날이 없었지만 그래도 죽고 싶다고 생각해 본 적은 없었다.

"나를 끔찍하게 사랑하는 엄마인데 엄마 때문에 내가 죽을 것 같아. 가끔은 차라리 나도 아버지를 따라 시장통 그 여자한테 달아나버리고 싶을 지경이라니까."

태완은 빈 웃음을 웃으며 농담하듯 말을 이었다.

"불행인지 다행인지 시장통 그 여자는 자식이 없어. 아버지에
겐 양쪽 집 통틀어 자식이라곤 나 하나야. 그게 우리 엄마가 아버
지한테 내세울 수 있는 유일한 위세야. 근데 난 그런 엄마가 지긋
지긋하고 넌덜머리가 나."

"……."

나는 말없이 그를 바라보았다.

"할 수만 있다면, 제발 내 인생에서 엄마를 떼어내 버리고 싶
어."

어느결에 나는 세운 두 무릎을 양팔로 끌어안은 채 그의 곁에
앉아 있었다.

"너 그거 아니? 엄마는 내가 갓난아기일 때부터 나를 재울 때
마다 내 귀에 조근조근한 목소리로 아버지를 향한 저주와 악담을
들려주었어. 끔찍하지. 자신이 낳은 아이의 귓가에 자장가 대신
에 잘근잘근 씹어 먹을 듯 입에 담기에도 끔찍한 저주의 주문을
외운 거야. 내가 말도 배우기 전부터. 그런 엄마와 산다는 게 얼
마나 끔찍한 일인지 너는 아니?"

그날 마을 뒷산 소나무 앞에서 태완과 나는 해가 지도록 나란
히 앉아 있었다. 사방이 어둑어둑해지도록 태완은 일어설 기미가
보이지 않았다. 내가 먼저 일어나 툭툭 바지에 묻은 흙을 털고 내

려오는데도 태완은 그대로 앉아 있었다. 내려오면서 소나무 아래에 앉은 태완을 돌아보았지만, 태완은 돌부처라도 된 듯 꼼짝하지 않고 있었다.

그 일이 있고 나서 거짓말처럼 아무 일 없이 두어 달이 훌쩍 지나갔다. 간혹 태완을 길에서 마주쳤지만 서로 모른 척 외면하고 각자 제 갈 길을 갔다. 어쩌면 그날의 일은 실제가 아니고 꿈이었을지도 모른다는 착각이 들 무렵의 어느 날 밤이었다. 밖에서 들려오는 '불이야!' 소리와 함께 어수선한 기운에 나도 모르게 가슴이 덜컥 내려앉아 마당으로 나갔다.

"무실 댁 집에 불이 났다이!"

때마침 밖에서 넋이 빠져 들어서던 고모의 말에 나는 생각할 것도 없이 대문 밖으로 뛰쳐나갔다. 동네 사람들이 모두 맨발로 뛰어나와서 "불이야!" 외치며 저마다 크고 작은 물동이를 들고 불을 끄느라 난리가 벌어졌다. 소란스러운 사람들 틈에 끼어 태완의 집으로 달려갔다. 불은 대강 잡힌 것 같고 동네 남정네들이 집 안을 뒤지며 숨은 불길을 잡는 것 같았다. 무실 댁이 속치마 바람에 뛰쳐나와 꽁꽁 언 길바닥에 주저앉아 땅을 치며 울부짖고 있었다. 두방망이질하는 가슴으로 주변을 둘러보았지만, 태완은 보이지 않았다.

"안에 다른 사람은 없대요?"

곁에 선 사람을 붙잡고 물었다.

"우리가 왔을 땐, 태완 어매 혼자 있두만."

나는 더 볼 것도 없이 마을 뒷산으로 내달렸다. 숨이 턱에 닿도록 헐떡거리며 뒷산 그 자리, 허리가 구부러진 키 작은 소나무 앞에 와보니 태완이 거기 있었다. 땅바닥에 몸을 웅크리고 엎드린 태완은 흐느껴 울고 있었다. 그의 모습에 가슴이 와르르 무너져 내리며 내 눈에서도 눈물이 흘렀다. 나는 그의 등을 끌어안고 말없이 쓸어주었다. 등을 쓸어주고, 또 쓸어주었다. 한참을 그렇게 울던 태완은 젖은 얼굴을 들어 나를 올려다보았다.

"내가…… 내가 그랬어. 내가 불을 질렀어. 함께 죽으려고 했어. 그런데, 막상 불길이 치솟는 걸 보니까 겁이 났어. 그래서 도망쳤어. 나 혼자 살겠다고 엄마를 거기에 그냥 두고. 아니, 나, 사실은 엄마가 죽어버리기를……."

나는 눈물로 차가워진 그의 얼굴을 두 손으로 감싸 쥐고 그의 떨리는 입술 위에 내 입술을 포개어 그가 하려던 마지막 말을 막아버렸다. 와들와들 몸을 떨고 있던 태완도 손을 들어, 내 등을 감싸 안았다.

"괜찮아. 아무 말 안 해도 돼. 아무 말도……. 그냥, 그대로 있어."

한동안 그렇게 입을 맞춘 채 부둥켜안고 있던 내가 입술을 떼

며 말하자 이번에는 태완이 나를 힘주어 끌어안으며 천천히 부드
럽게 다시 입을 맞추었다. 이미 오래전부터 서로를 알아보았던
우리는 서로에게 입술을 맡긴 채 오래오래 그렇게 있었다. 우린
서로의 아프고 시린 등을 쓸어주며 아주 오랜 세월 참아왔던 울
음을 함께 울었다.

운명

"성북동 아부지 어무이한테 싹싹하게 인사 좀 잘하고, 알긋
제?"

고모가 젖은 손을 앞치마에 문질러 닦으며 부엌에서 나와 마
당까지 따라 나오며 말했다.

"네, 걱정하지 마세요."

내가 억지로 웃어 보였다.

"내가 걱정을 우예 안 하것노. 어무이야 그렇다 쳐도, 느들 부
녀지간에 소 닭 보듯 데면데면하는 기를 생각하모……."

"잘할게요."

"하기사 그기 어디 니 잘못이가? 다 어른들 잘못이제. 고모가
미안타. 니 성북동 가는 거 거북한 줄 알면서. 참말로 미안타."

고모가 속상한 표정으로 말했다.

"고모가 왜 미안해요."

내가 진심으로 말했다.

"말만 고명딸 하나 얻었다 했지, 대학 간다꼬 학비 하나 몬 대 주고 참말로 고모 체면이 안 선다."

"별말씀을요. 여태 키워주신 게 어딘데, 학비까지 고모가 걱정해요."

"느그 고모부가 허리만 안 다쳤어도 니 첫 등록금은 내가 내주는 긴데. 꿍쳐놓은 돈을 병원비로 다 날렸다, 아이가."

고모가 주름 속에 파묻힌 눈꼬리에서 눈물을 찍어내며 말했다.

"고모가 이러시면 내가 더 미안해지잖아요."

결국 눈물 바람을 하는 고모에게 싫은 소리를 했다. 고모는 고모부가 허리를 다쳐 일은커녕 꼼짝하기도 힘들어진 뒤로는 마음이 약해진 모양이었다. 내가 서울에 있는 대학에 합격하자 형편이 어려워진 고모는 학비를 대 주지 못하는 게 미안해서 자꾸 눈물 바람이었고 나는 고모가 그럴수록 내 처지가 한심하게 느껴졌다. 성북동 아버지는 이제 그만 성북동 집에 들어와 살라고 했지만 나는 애초부터 성북동 집에 들어가 살 마음은 없었다. 내가 지방대학을 마다하고 굳이 서울에 있는 대학을 선택한 이유는 따로 있었다. 우선 고모 집에서 독립하여 따로 살고 싶었고, 두 번째는 태완을 찾고 싶었기 때문이었다. 화재 사건이 있던 날 떨리는 마음으로 서로를 향한 마음을 확인했지만, 그뿐으로 서로의 관계나 미래를 놓고 이렇다 할 약속을 하지는 않았다. 오히려 길에서 마주쳐도 서로 의미 있는 눈길만 스쳤을 뿐 말 한마디 제대로 나눈 적이 없었다. 나는 운명 같은 걸 믿었기 때문에 우리 두 사람 사이에 굳이 약속이 필요하진 않았다. 우리 두 사람 사이에 운명의 끈이 이어진 거라면, 우리는 어떻게든 결국 함께하게 될 것이라는 강한 믿음이 있었기에 조급해하지 않았다.

나보다 나이가 많았던 태완이 먼저 대학에 진학했고 한 학기 마치고 바로 군에 입대했다는 소식만 전해 들었을 뿐 그가 어느 부대 소속인지 묻지도 않았고, 편지 한 통 쓰지 않았다. 딱히 대학을 서울로 가야겠다고 생각한 적은 없었지만, 막연히 태완이 제대하고 복학을 하게 되면 서울에 있을 것이기에 나 역시 그가 있는 서울로 가야겠다는 생각이었을 뿐이었다.

"입학금을 준비해 둘 테니 일간 성북동으로 와라. 와서 이것저것, 앞으로의 네 거취 문제를 의논 좀 하자."

성북동 아버지가 전화를 걸어왔다. 그러지 않아도 입학금은 아버지에게 손을 벌려야 할 수밖에 없던 참이라 바로 그러겠다고 했다. 뜻밖에 내가 순순히 대답하자 아버지는 기분이 좋은 모양이었다.

어릴 적 복순 언니와 눈물의 이별을 나누며 성북동을 떠난 이후로 그때까지 거짓말처럼 성북동에는 한 번도 가지 않았다. 아주 오랜만에 들어선 성북동 골목길은 마치 감춰진 오랜 전설 속 어느 장소인 듯 아득하고 낯선 느낌이었다. 하얗게 눈이 쌓인 막다른 골목은 조용하고 고즈넉했다. 골목을 이루고 있는 양쪽 집들은 대문을 각기 다른 쪽에 두고 있어서 이 골목은 오롯이 성북동 식구들의 골목이었다. 눈 위에 찍힌 발자국은 아버지의 발자국일 것이다. 아버지가 아침에 걸어 나갔을 발자국을 따라 골목 끝 대문 쪽으로 향했다. 나는 마치 시간 여행이라도 간 듯 묘하게 가슴이 울렁거렸다. 둘러보면 거기 골목 어느 한쪽에 겁먹은 여섯 살 박이 내 모습이 보일 것 같았다. 벨을 누르려다가 말고 호흡을 가다듬었다. 어쩐 일인지 조금 떨렸다. 벨을 누르자 잠시 후 삐걱 소리와 함께 대문이 열리더니 문틈으로 방울토마토 같은 신혜가 작고 말간 얼굴을 빼꼼 내밀었다. 신혜는 놀란 듯 나를 빤히 쳐다보고만 있었다. 내가 손을 뻗어 대문을 밀어 열며 신혜에게 빙긋 웃어 보이자 신혜가 놀란 듯이 눈을 동그랗게 뜨더니 몸을 돌려 안쪽으로 달려가며 소리쳤다.

"엄마아…… 수혜 언니!"

아무것도 모르는 어린 것들도 눈치는 있는 모양이었다. 내가 식구들 앞에서 어떤 처지인지 무의식중에 습득한 것 같다. 안쪽에서 뭐라고 했는지 다시 대문간으로 쪼르르 달려온 신혜가 작고 말간 얼굴에 웃음기 없이 말했다.

"들어오래."

내가 집 안으로 들어가자 신혜는 앙증맞은 빨간 플라스틱 슬리퍼를 찍찍 소리 나게 끌면서 안채로 달려갔다. 저만치 달려가는 신혜의 뒷모습을 바라보며 안채 쪽으로 걸음을 옮기는데 마당 오른편으로 부엌문이 보였다. 내가 처음 성북동으로 왔던 날 복순 언니가 그 문을 빼꼼 열고, 나를 훔쳐보았다. 나를 위해 슬프게 울어준 복순 언니가 이제는 남의 집이 아닌 자신의 집에서 안정된 삶을 살고 있을까. 당시 열댓 살밖에 안 먹은 소녀였던 복순 언니가 궁금해졌다. 안채 마루 끝에는 유리문이 달려있었다. 예전에는 유리문이 없었는데 나중에 달았는가 보다. 유리문 안쪽에서 맑고 경쾌한 피아노 소리가 울려 나오고 있었다. 피아노 소리는 내가 사는 시골에서는 들어보지 못한 도시적인 느낌이었다. 대청마루 유리문을 열자 반들반들 윤이 나는 까만 피아노 앞에 양 갈래머리를 야무지게 땋은 정혜가 앉아서 피아노를 치고 있었다. 내가 신을 벗고 마루로 올라서자 기척을 느꼈는지 정혜가 피아노 연주를 뚝 멈추고 뒤를 돌아보았다. 정혜 역시 신혜와 마찬가지로 표정 없는 말간 얼굴로 나를 빤히 쳐다볼 뿐 아무 말도 하지 않았다.

"안녕?"

내가 인사를 건네자 정혜는 피아노 의자에서 발딱 일어서더니 쪼르르 건넌방 안으로 사라져 버렸다. 그 방은 예전에 내가 복순 언니의 팔을 베고 잠을 자던 방이었다. 이젠 정혜와 신혜가 그 방을 쓰는 모양이었다. 나는 마치 그 애들이 모르는 전생을 살았던 기분이 들어 정혜가 사라진 방문을 잠시 물끄러미 바라보고 있었다. 그때 안방 장지문이 열리더니 성북동 어머니가 나왔다. 부드러운 자락이 발목까지 흘러내리는 홈드레스 차림이었다.

"왔니? 들어와라. 내가 마침 통화 중이라 못 나갔구나."

성북동 어머니가 말했다.

"네에."

정갈하게 잘 치워진 안방은 성북동 어머니의 성격을 그대로 보여주고 있었다. 예전에는 그 방이 운동장만큼 넓다고 생각했는데 다시 보니 그렇게까지 넓은 방은 아니었다.

"앉자."

성북동 어머니가 방석을 내밀며 말했다.

"네."

성북동 어머니와 단둘이 마주 앉아 보는 건 처음인 것 같았다.

"옛날하고 똑같지?"

방안을 둘러보는 나에게 성북동 어머니가 곁에 앉으며 말했다.

"참, 점심은 먹었니? 못 먹었지?"

"오면서 기차에서 먹었어요."

"오, 그랬구나. 그럼 과일 좀 깎아 내올까?"

"아녜요."

"그래, 뭐. 네가 손님은 아니지. 좀 이따가 저녁 일찌감치 해 먹자."

성북동 어머니가 일어서려다 말고 도로 앉으며 말했다.

"공부를 잘한 모양이구나. 시골에서 혼자 공부하기 쉽지 않았을 텐데……."

성북동 어머니가 혼잣말처럼 중얼거리며 방 한쪽에 놓인 문갑 안쪽에서 누런 돈 봉투를 꺼냈다.

"……."

"입학금이다."

"네."

"많이는 못 넣었어. 우선 입학금부터 해결하고 차차 마련해 보자. 요즘 아버지 하시는 일도 예전 같질 않아."

"네, 그거면 됐어요."

"섭섭하니? 너더러 부담 느끼라는 말은 아니야, 얘. 그냥 사정이 그렇다는 말이지."

성북동 어머니가 샐쭉한 표정으로 말했다.

"알아요."

"아버지는 네가 공부를 잘해서 서울로 오게 되었다고 아주 좋아하신다마는."

"네에."

"늬 아버지는 네가 여기서 우리와 함께 지냈으면 하시더라."

그건 아버지의 뜻일 뿐 어머니의 생각은 아니라는 뜻으로 들렸다.

"아뇨, 전 학교 근처에 방을 얻어 지내려고요."

"넌, 너무 곁을 안 줘 얘. 이제 정혜도 중학생이 되니까 아버지는 네가 함께 있으면서 공부 좀 봐주면 좋겠다고 하셔."

성북동 어머니는 속내를 들킨 것 같아 민망한지 구구하게 말을 이었다.

"제 걱정은 안 하셔도 돼요. 저도 이제 어른인걸요. 입학금 해주신 걸로 충분해요. 나머지 학비는 제가 벌어서 댈 거예요. 받을 수 있는 장학금이 있는지 알아도 보고, 아는 선배한테 일자리도 알아봐 달라고 부탁해 뒀어요. 고향 선배가 마침 같은 학교에 있어요."

"어머 얘, 뭘 그렇게 정색하니, 사람 민망하게…… 아닌 게 아니라 늬 아버지 회사가 어려워서 앞으로 네 학비까지 대려면 힘에 부치겠다 싶긴 했어. 이제 곧 정혜, 신혜도 대학 갈 테고"

"네, 제 염려는 하지 마시고요."

"뭐, 나도 너한테 다 잘하는 건 아니지만, 너도 참, 정나미 없이 말하는 거, 너도 알지?"

"……."

"암튼. 그건 아버지 오시면 네가 직접 말씀드려라. 늬 아버지, 오늘 일찍 들어오신댔어. 늘 바쁘다던 양반이 오늘은 너랑 불고기 구워 먹자더라. 여기서 저녁 먹고 천천히 놀다가 자고 가라."

"아, 아뇨. 일자리 부탁한 선배랑 약속이 있어요."

"어머, 얘, 여기까지 와서 아버지도 안 뵙고 가려고?"

성북동 어머니가 눈을 동그랗게 뜨며 물었다.

"부탁한 일자리 때문에 오늘 꼭 만나봐야 해요."

"바쁘다는데 어쩌겠니. 늬 아버진 내가 정을 안 줘서 네가 나를 어려워한다고 섭섭해하신다만…… 사실 정을 안 주는 쪽은 너야, 얘."

성북동 어머니가 샐쭉 눈을 흘기면서 말했다.

"……."

아주 틀린 말은 아니라 나는 그저 눈만 내리깔았다.

"세월이 얼만데 어쩜 그렇게 곁을 안 주니? 찬바람이 쌩쌩 돌아 넌. 내가 아무리 잘해보려고 해도, 네가 받아주질 않는 걸 난들 어쩌겠니."

"제 성격이 좀 그런가 봐요."

"그래, 그거 좋은 거 아니다. 주변 사람 힘들게 하는 성격이야."

"죄송해요. 노력할게요."

"노력한다고, 사람 성격이 그렇게 쉽게 바뀐다니? 암튼 그래도 고치려고 노력은 해봐. 그나저나 너 이렇게 그냥 내려가 버리면 아버지가 섭섭해하시겠다."

"아버지께는 대신 인사 전해주세요. 제가 고맙다고 하더라고."

"알았다. 아무리 그래도 밥이라도 한 끼 같이 먹으려고 했더니……."

"저녁은 다음에요. 앞으로 쭉 서울에 살 건데요 뭘. 오늘은 날 어둡기 전에 일어나 볼게요. 서울 지리 익숙지 않아서요."

"그래. 조심해서 잘 가거라. 너 같은 촌아이들은 소매치기들이 단박에 알아본다. 돈 깊숙한 곳에 잘 넣어두고."

고향 선배와 약속이 있다는 건 거짓말이었다. 나를 낯선 외지인 보듯 서먹한 정혜와 신혜, 언제나 냉랭하고 불편한 성북동 어머니, 그리고 쓸쓸하고 미안한 눈빛으로 나를 바라볼 아버지에게 둘러싸여 저녁을 먹는 일이 쉽지 않을 것 같았다. 입학금만 아니면 성북동 집을 찾아오는 일도 없었을 터였다. 성북동 집을 나서서 버스를 타고 내가 입학하게 될 학교로 가서 교정을 둘러보았다. 근방에 방을 얻을 만한 곳이 있는지, 복덕방에서 안내하는 자취촌을 한 바퀴 돌아보고 나니 시간이 제법 늦었다.

허둥지둥 고속버스 터미널에 가서 버스표를 끊고 나자 그제야 허기가 느껴졌다. 마침 터미널 옆에 분식집이 있어서 김밥 한 줄로 허기를 채웠다.

밤이 늦어서야 집에 돌아온 나를 본 고모는 눈이 휘둥그레졌다.

"야야, 모처럼 집에서 하룻밤 자고 오지, 기어코 내려와 뿟나?"

"……."

나는 괜히 민망해져서 구두코로 애꿎은 마당만 긁었다.

"쯧, 얼마 만에 아부지 집에 가서 하룻밤도 못 자겠드나? 가스나가 그래 정나미 없이 굴면 누가 좋다고 할끼고? 지사랑 지가 지는 법인데 성질이 그래 까장스러버서 험한 세상을 우예 살아가 것노? 누구 닮아 그 모양이고?"

"죄송해요."

"니 죄송하라꼬 하는 말이 아이고. 밥은? 니, 저녁 밥은 뭇나?"

"먹었어요."

"오데서 뭇노? 니 굶은거 아이가?"

"굶긴요, 터미널에서 김밥 한 줄 사 먹었어요."

"아이고, 가스나! 집밥은 몬 묵고 터미널에서 김밥을 묵었드나? 옷 갈아입고 나온나, 밥 차려주꾸마."

"아니에요, 저 배 안 고파요."

"시끄럽다 고마, 김밥 한 줄 가꼬 밥이 되나?"

고모가 구시렁거리며 부엌 쪽으로 들어가며 눈을 흘겼다.

"그 승질머리 좀 고치야지, 누가 너 같이 팍팍한 가스나 좋다고 할끼고? 느그 어무이 나무랄끼도 아이다."

입학을 앞두고 다시 서울에 올라와 학교 뒤쪽에 있는 자취촌에 허름한 방을 하나 얻었다. 자췻집은 마당을 둘러싸고 대문 쪽을 향해 ㄷ자 형태의 구조물에 자물쇠가 달린 쪽문 여러 개가 있었다. 그중 한 문을 열고 들어서면 손바닥만 한 부엌이 있고 부엌에서 문만 열면 바로 방으로 연결되는 구조였다. 마치 집 안에 또 하나의 마을을 이루고 있는 듯, 여럿이 모여 살면서도 각자의 독립된 공간이 보장된 곳이었다. 그래서 내 마음에 몹시 들었다. 시장에 가서 이부자리와 지퍼를 열어 옷가지를 걸 수 있는 비닐 옷장을 샀다. 그리고 소반이며 냄비며 밥을 끓여 먹을 그릇들을 사고 숟가락과 젓가락을 마련하고 앉은뱅이책상과 작은 책꽂이와 얼굴 하나 비출만한 거울과 빗 등등 살림살이를 갖췄다. 시골집에서 책과 옷가지를 옮겨다 놓고 나니 제법 그럴듯한 내 보금자리가 꾸며졌다.

내 입학식을 보겠다고 고모와 사촌 오빠들과 허리가 불편한 고모부까지 서울로 몰려와 좁은 자취방에서 북적대었다. 고모네 식구들은 내가 성북동이 아닌 자취방에 지내는 것을 못마땅해하며 은근히 성북동 아버지, 어머니에게 곱지 않은 시선을 보냈다. 그 시선들이 아니더라도 내가 따로 지내기로 한 것이 못내 마음이 쓰였던 아버지는 늘 그렇듯 쓸쓸하고 미안한 눈빛으로 자취방을 살폈다. 그런 아버지 곁에서 성북동 어머니도 불편한 기색으로 자취방을 들여다보더니 뭐가 필요한지 몰라서 그냥 돈으로 가져왔다며 필요한 것들을 사라고 뭉칫돈을 찔러 주었다. 식구들이 모두 돌아가고 마침내 혼자가 되었을 때 온전히 나만의 공간이 생겼다는 사실을 실감했다.

오래전 엄마 손에 이끌려 사북을 떠나온 뒤로, 나는 늘 군식구로 살아왔다. 고모 집에서도 성북동 집에서도. 식구도 아니고 그렇다고 타인도 아닌, 내내 식구와 타인 사이의 묘하고 위태로운 경계선에 놓인 구성원으로 살아온 느낌이었다. 손바닥만 한 자취방이긴 해도 오래 꿈꾸어 오던 온전한 독립을 이룬 것처럼 가슴이 벅차올랐다. 몸 하나 누이면 꽉 차는 방이지만 이 세상 어느 곳보다 더 넓게 느껴졌다. 그곳은 성북동 식구들의 냉랭함도, 동네 여편네들의 손가락질도, 무실 댁의 억지도 닿을 수 없는 곳이었다.

가슴 저 밑바닥에서 아지랑이가 피어오르듯 간지러웠다. 방 안에 사지를 대자로 뻗고 누워서 온몸에 피어오르는 아지랑이 같은 간지러움에 오랫동안 키들거렸다.

성북동이 아닌 학교 근처 자취방에 독립하기로 한 가장 큰 이유는 태완이었다. 태완을 자유롭게 만날 수 있기를 바랐기 때문이었다. 태완에게서는 아무 소식이 없었지만 나는 여전히 그에게 연결된 나의 운명을 믿었으므로 순순히 그 기다림을 즐길 수 있었다. 한 학기가 거의 끝나갈 무렵 학교에서 돌아와 막 옷을 갈아입은 참인데, 누군가 부엌 쪽문을 조심스럽게 여는 기척 소리가 났다. 방문을 열자 그곳에 아직 머리가 짧은 태완의 환하게 웃는 얼굴이 있었다.

"어머나?"

태완과 만나게 될 것이라는 걸 의심한 적은 없었지만 이렇게 제 발로 내 자취방까지 찾아올 줄은 몰랐다. 너무 놀라서 아무 말도 못 하고 그저 눈만 휘둥그레 뜨고 있을 뿐이었다.

"뭐야. 얼마 만에 보는 건데, 반갑지도 않은 거야?"

태완이 빙글거리며 물었다.

"여길, 어떻게 알고?"

그때까지도 꿈을 꾸는 것만 같았다.

"내가 너를 왜 못 찾아? 난 네가 우주 밖으로 날아가 버린다고 해도, 우주 끝까지 쫓아가 너를 찾아낼 수 있을걸?"

어느새 방 안으로 성큼 들어선 태완이 나를 힘있게 안으며 말했다.

"아니, 나는 이미 알고 있었어. 반드시 너와 만나게 될 거라는 걸 한 번도 의심한 적이 없었어. 우린 서로 운명의 끈으로 묶여 있거든. 어쩌면 우린 이미 오래전부터 하나였을지도 몰라."

그가 고향을 떠나 서울로 진학한 이후로 아주 오랜만에 만난 것이지만 우리는 마치 한순간도 떨어져 있던 적이 없었던 사람들처럼 서로를 익숙하게 끌어안고 있었다. 내가 태완을 처음 보았을 때부터, 우린 질기고 단단한 운명의 끈으로 서로 연결되어 있었다는 걸 알았다. 서로를 끌어안은 우리는 그대로 시간이 멈춘 듯이 오래오래 그렇게 있었다.

방학이 시작됐지만 나는 아르바이트를 핑계로 그대로 서울에 머물렀다. 태완도 복학 준비를 핑계로 서울에 머물렀다. 태완은 자기 어머니 무실 댁 모르게 내 자취방에서 멀지 않은 곳에 방을 구했다.

개학을 앞두고 무실 댁이 올라와 쌀과 반찬 등 필요한 것들을 챙겨주고 내려갔지만, 가까이에 내가 있다는 건 눈치채지 못했다. 태완은 특별한 일이 있을 때를 제외하곤 거의 매일 내 자취방에 들렀다. 그가 언제든 자유롭게 나를 찾아올 수 있도록 나는 방문을 걸어 잠그지 않았다. 정말로 그는 아무 때라도 내키면 나를 찾아왔다. 밤이나 낮이나. 이부자리 하나를 펴면 꽉 차는 방에 불을 끈 채 누워있으면 태완은 부엌에서 연결된 쪽문을 열고 쪽문 앞까지 펼쳐진 내 이불자락을 들추어 머리부터 쑤셔 넣어 내 발치부터 이불 속을 기어서 위로 올라왔다. 그는 장난스럽게 내 발뒤꿈치부터 내 발가락과 종아리와 허리와 등에 그리고 내 목에 순서대로 차근차근 입을 맞추며 올라왔다. 나는 그의 간지러운 여정을 참을성 있게 기다렸다. 간지러움을 참다가 눈물이 날 때쯤이면 태완은 마침내 긴 여정을 끝내고 내 입술까지 찾아 올라왔고 우리는 길고 따뜻한 입맞춤을 했다. 그는 나를 힘껏 안았고, 나는 그의 어깨 아래에서 행복한 눈물을 흘렸다. 눈물겹게 행복하다는 건 그런 것이었다. 좋은 집에 살지 않아도 좋은 음식을 먹지 않아도 그저 두 사람이 함께 할 수 있어서 행복할 수 있었다. 태어나서 처음으로 누리는 자유로움과 행복이었다. 그대로 죽는대도 좋았다. 그만 있으면 다른 모든 것은 없어도 그만이었다.

운명의 기로

나는 어릴 적부터 단짝 친구를 가져본 적이 없었기에 낯선 서울에서의 외톨이 생활에 전혀 불편함이 없었다. 아니, 오히려 누군가 다가와도 그들과 어떻게 가깝게 지내야 하는지 알지 못했다. 그런 나에게도 단짝 친구가 생겼다. 나와 같은 과였다. 한 눈에 보아도 그늘 없이 자란 듯 밝고 활기찬 기운이 넘치는, 나와는 전혀 다른 부류 같았다. 수업을 마치고 강의실을 빠져나오던 내 앞에 그녀가 불쑥 나타나 길을 막았다. 갑작스럽게 길을 막은 악당치고는 지나치게 예쁘고 화사한 미소를 가진 아이였다. 같은 여자가 보기에도 상당히 당차고 매력적으로 보였다.

"안녕? 너 수혜지? 박 수혜. 나는 세아야 현 세아."

그녀는 이름조차 현실적이지 않았다.

"얘, 오후에 두 시간짜리 전공과목이 오늘 휴강이라는데, 뭐 할래? 별일 없으면 나랑 밥이나 먹으러 가자."

"어, 글쎄?"

혼자가 익숙한 나로서는 낯선 이방인 같은 그녀와의 식사가 편하진 않을 것 같았다.

"왜? 다른 약속이 있니?"

"아니, 그런 건 아니지만."

"그럼 뭐가 문제야?"

"글쎄, 난 모르는 사람과 금세 친해지질 못해서……."

"처음부터 아는 사람이 어디 있니? 모르는 사람끼리 만나서 친구가 되는 거지. 게다가 우린 같은 과로 벌써 많은 수업을 함께 들은 사이잖아. 이제부터 친한 사이가 되면 되는 거지 뭘 그래?"

명쾌한 어조로 앞으로 친한 사이가 되면 된다는 세아의 말이 신선하게 들렸다.

세아는 마치 나와 오래 알아 왔던 사람처럼 나를 끌고 학교 앞 분식집으로 갔다.

"이 집 떡볶이 끝내줘. 떡볶이 괜찮지?"

세아가 말했다.

"어, 그럼, 괜찮지."

내가 대답을 하기도 전에 세아는 벌써 테이블에 의자를 빼고 앉고 있었다.

"근데 넌 늘 어디로 그렇게 바삐 사라지는 거니? 수업 끝나고 보면 넌 어느새 사라지고 없더라."

세아가 떡볶이를 먹으며 말했다.

"어, 난 아르바이트가 있어."

내가 말했다.

"와, 그래? 매일 그렇게 아르바이트가 있어?"

세아가 놀랍다는 듯이 말했다.

"응."

가난한 것은 부끄러운 일이 아니라지만 그렇다고 자랑거리도 아니었다. 그냥 보기에도 세아는 가난이랑은 거리가 멀어 보였다. 세아가 입고 있는 옷이며 장신구들이 하나같이 고급스러웠다.

"그렇구나."

세아가 고개를 끄덕였다.

"……."

"아르바이트로 무슨 일을 하니?"

세아는 궁금한 게 많았다.

"이것저것. 학교 앞 햄버거 가게에서도 일하고, 저녁엔 카페에서 서빙도 하고. 또 출판사 교정일도 조금씩 받아서 하고 있고."

"대단하다. 너는 학비를 네 손으로 벌어 쓰는구나. 네가 어른스럽게 보이는 이유가 있었네. 네가 일하는 카페에 놀러 가도 돼?"

"카페야 누구한테나 열려 있는 곳이니까 물론 와도 되지. 하지만 네가 와도 내가 너와 놀아 줄 시간은 없어."

"그건 나도 알지. 그냥 너 일하는 거 보면서 음악 듣고 공부도 하다가 너 일 끝나면 함께 밥도 먹고 그러자는 거지."

"그런데 넌, 왜 나하고 친구가 되고 싶었니?"

"몰라. 네 첫인상이 좋았나 봐. 차가운 것 같지만, 가만히 들여다보면 따뜻하고 부드러운 느낌. 그리고 뭔가 나이답지 않게 깊은 눈빛이랄까?"

세아는 자기가 말해놓고도 뭐가 우스운지 까르르 웃음을 터뜨렸다.

"너는 부드러운 물 같은 느낌이야. 각진 데가 없이 네모에 담으면 네모가 되고, 동그라미에 담으면 동그라미가 되는 편안하고 따뜻한 느낌. 그래서 그런가? 같은 나이인데도 넌 왠지 큰 언니 같아."

나의 출생과 성장 환경이 나를 그렇게 만들었는지도 모른다. 세상에 드러나면 안 되는 존재. 나는 내 존재 자체로 여러 사람을 곤란하게 만드는 사람이었으니까. 어쩌면 그래서 내가 물처럼 느껴졌을까? 언젠가 태완도 내가 요동치는 자신과 달리 고요하다고 말 한 적이 있었다. 내가 고요한 적이 있었을까. 나는 어쩌면 소리를 내면 안 되는 사람이 아니었을까.

친구를 가져보지 못한 나로서는 갑작스럽게 등장한 세아의 존재가 조금은 불편하고 성가셨다. 자신에게 늘 낯설어하고 허둥지둥 어찌할 바를 모르는 내가 세아는 재미있는 모양이었다. 늘 그런 내 모습에 키들거리며 즐거워했다. 내가 밀어내고 있다는 걸 세아도 느꼈을 텐데 그녀는 전혀 아랑곳하지 않고 늘 내 뒤를 졸졸 따라다녔다. 그런 세아가 불편하고 성가셨지만 동시에 그녀에게는 무작정 밀어낼 수만은 없는 묘한 힘이 있었다. 그 힘은 도대체 어디서 나오는 것인지 참으로 궁금한 일이었다. 세아는 자주 눈을 가늘게 뜨고 희고 고른 이를 활짝 드러내고 웃는 햇살처럼 밝은 아이였다. 세아는 나 혼자 조용히 있는 시간을 절대 허용하지 않았다. 화장실 갈 때도 함께 가자고 했고, 밥을 먹을 때도, 강의가 없는 시간에 도서관에 앉아 책을 보려고 해도 어느 틈에 옆자리를 차지하고 앉았다. 여간 민망하고 거북스러운 것이 아니었다. 함께 밥을 먹고, 수업을 듣고, 자판기 커피를 마시고 우습지도 않은 세아의 농담에 웃어주다 보니 나도 모르게 점차 누군가와 친구로 지내는 법을 배워가고 있었다.

세상 물정에 어두운 나는 세아와 가까이 지낸지 한참 후에야 다른 친구들의 입을 통해서 그녀가 제법 알려진 부잣집 외동딸이라는 걸 알게 되었다. 그제야 세아의 구김 없이 밝은 성격이 이해되었다. 여유로운 가정환경을 타고났으니 세아는 사느라 아등바등할 필요도 없었고, 남들보다 뛰어나기 위해 지나치게 경쟁할 필요도 없었다.

세아는 자신이 부잣집 딸이라고 뻐기거나 잘난 체를 하지도 않았다. 내가 세아의 집안에 대해 시시콜콜 묻지 않았던 것처럼 세아도 나에게 어떤 집안의 딸인지 묻지 않았다. 세아는 내 모습 그대로의 나를 좋아했고 존중했다. 설사 내가 세아로서는 상상할 수조차 없는 나의 불행한 가족사나 외롭고 서러웠던 어린 시절을 얘기했다고 해도 나와 세아의 관계가 달라지진 않았을 것이다. 세아는 그런 아이였다. 나에게 지나간 시간이 하루하루 버티고 견뎌내야 했던 가시밭, 돌밭 길이었다면, 세아가 지나온 시간은 꽃 피고 새 우는 정겹고 햇살 좋은 오솔길이었다. 그녀에게는 주변에 일어나는 일이 그저 뭐든지 즐겁고 새로운 일상이었다. 사람을 의심할 줄도, 가릴 줄도 몰랐다. 내가 무슨 말을 해도 세아는 늘 고개를 끄덕이며 경청했다. 친구가 있다는 것이 얼마나 풍요로운 일인지 세아와 만나고 나서야 알게 되었다.

세아와 함께하는 시간이 성가시고 불편하고 어색한 줄만 알았던 내가 점차 나도 모르는 사이에 세아의 마력에 빠져버린 모양이다. 세아를 만나기 전까지는 늘 혼자였던 나였는데도 어쩌다 세아 없이 나 혼자 있을 때면, 그 시간에 뭘 해야 할지 몰라서 허둥지둥하기에 이르렀다. 몸살감기로 하루 결석을 하고 학교에 나온 세아에게 그 얘기를 하자 세아는 "거봐, 너도 어느새 나한테 중독되었구나! 내가 그런 사람이라니까?" 하며 까르르 웃음을 터뜨렸다. 세아와 함께 하는 시간이 많아지면서 나도 모르는 사이에 미소를 머금을 줄도 아는 사람이 되었다. 사람에게 익숙해진다는 건 정말 신비로운 일이었다. 나는 정말로 세아에게 중독 되어가고 있었다.

하지만 그런 막무가내식의 세아의 거침없는 성격 때문에 태완과의 관계에 균열이 생기기 시작했다. 가끔 갑작스러운 세아의 카페 방문으로 태완과의 약속을 취소해야 하는 일이 생기기도 했고, 그런 날이면 태완은 내 자취방에서 혼자 라면을 끓여 먹으며 늦게 돌아오는 나를 기다리곤 했다. 그날도 세아와 늦게 헤어지고 내가 방에 들어서니 태완이 반쯤 누운 자세로 책을 읽고 있었다. 태완은 정말로 책을 읽는 것 같진 않았고 아무렇게나 책장을 넘기고 있는 것으로 보였다.

"또, 그 애랑 있었어? 그 제멋대로에 마구잡이인 부잣집 딸내미!"

태완이 읽고 있던 책을 바닥에 툭 던지며 말했다.

"세아? 세아가 그렇게 제멋대로에 마구잡이는 아니야."

"암튼 넌 요즘 그 애랑 너무 가깝게 지내는 거 같아."

"왜? 내가 그 애랑 어울리는 게 싫어?"

"아니, 그보다는…… 낯설어. 너 원래 누구랑 쉽게 친해지는 애 아니잖아."

"그러게. 나도 그게 신기해. 그 애는 좀 묘한 구석이 있어."

미안한 마음에 짐짓 애교를 부리듯 태완 곁에 바짝 붙어 앉아 그의 어깨에 얼굴을 얹으며 말했다.

"묘해?"

태완은 단단히 골이 났는지 어깨 끝으로 내 얼굴을 밀어내며 퉁명스레 물었다.

태완의 반응에 머쓱해진 내가 피식 웃으며 태완의 맞은편으로 자리를 옮겨 앉았다.

"어떤 점이 묘하다는 거야?"

태완이 미간을 찌푸리며 말했다.

"글쎄, 그 아인 이제까지 내가 알았던 아이들과는 좀 달라. 사람을 움직이는 힘이 있다고 할까?"

"난 네가 그 애에게 너무 끌려다니는 것 같다는 느낌이 들어."

"맞아. 나도 그런 기분이 들어. 그런데 이상하게 그 애를 끊어 낼 수가 없어. 자기주장이 너무 강해서 가끔 버겁긴 한데, 그래도 좋은 애야. 나에게도 친구가 있다는 게 은근히 좋기도 하고. 처음 있는 일이잖아."

"이런 말 이상하게 들리겠지만 나는 어쩐지 그 애가 마음에 안 든다."

"……."

세아로 인해 태완과 불편해지는 것이 싫었다. 그렇지만 세아 역시 나에겐 소중한 친구라 어떻게 해야 좋을지 난감했다.

"네 말대로 그 애에겐 묘한 기운이 있어서 널 홀리는 것 같아. 불안해."

태완이 질투하는 것 같다는 생각에 나는 까르르 웃음이 터졌다.

"이것 봐, 너 실없이 자꾸 웃어. 예전엔 이러지 않았잖아."

"알았어. 중심 잡을게. 내가 너무 그 애에게 끌려다닐까 봐 염려하는 거잖아."

나도 정색하고 말했다. 그렇지만 나 역시 내 의지와 상관없이 세아에게 끌려다니고 있다는 느낌은 어쩔 수 없었다. 어린아이처럼 막무가내인 게 힘들면서도 어쩔 수 없이 그 애의 말을 들어주고 있는 나를 종종 발견하곤 했다. 나와 태완의 비밀스러운 사랑을 알지 못하는 세아는 내 속도 모르고 자꾸만 내 자취방에 놀러오고 싶다고 떼를 쓰는 통에, 여간 곤욕스러운 게 아니었다.

"왜 안 되는데?"

"글쎄 안 된다니까."

"너, 수상하다. 혹시 나 모르는 애인이라도 숨겨놓은 거 아니야?"

"얘는, 애인은 무슨……."

내가 공연히 제 발이 저려 말끝을 흐리며 고개를 돌리자, 내가 화가 났다고 생각했는지 세아가 찔끔, 내 눈치를 살폈다.

"어머, 기집애. 정말 화난 거니? 농담이야, 농담."

"내 자취방은 안돼. 우리 그냥 밖에서 놀자."

"왜? 왜 그러는 건데?"

"너한테 좀 부끄러워."

사실 내심 그렇기도 했다. 부잣집 외동딸 세아의 눈에는 마냥 소꿉장난하듯 모든 것이 작고 단출한 내 살림살이가 재미있는지 모르겠으나, 내 처지에서는 허름하고 궁핍한 내 모습을 들키는 것 같은 부끄러움이 있었다. 늘 먼 데서 나를 슬픈 눈빛으로 바라보기만 하는 성북동 아버지와 비교하면 세아의 아버지와 세아의 관계는 친밀하고 화통했다. 세아에게는 모든 것이 풍요롭고 자유로웠다. 그런 세아 앞에서 나는 모든 것이 초라하고 부끄럽게 느껴졌다. 부끄럽다는 나의 대답에 세아의 얼굴이 굳었다. 세아가 화를 내는 건 처음이었다.

"부끄러워?"

세아는 한참이나 말이 없었다. 늘 철없이 밝기만 할 것 같았던 세아가 그런 모습을 보이는 건 처음이었다.

"미안해."

"너, 정말 나한테 부끄러워?"

세아가 표정을 굳히며 물었다.

"부족한 거 없이 자란 너로서는 이해하기 어려울 거야. 아무리 가까운 사이라도 보이고 싶지 않은 부분이 있는 거야."

내가 애써 눈을 피하며 말했다.

"뭘 이해해야 하는데? 너랑 나랑은 그냥 친구야. 친구 사이에 뭘 가리고 감춰야 할 게 있다는 거야?"

"그런 게 있어. 어쩌면 넌 죽었다 깨어나도 이해 못 할 그런 거."

나도 그게 무엇인지 명확히 짚어낼 수는 없었지만 세아는 죽어도 모를 나만의 것이 있다는 건 확실했다.

"슬프다."

"미안해."

"나, 갈게."

세아는 주섬주섬 소지품을 챙기더니 카페 문을 나섰다. 막상 그렇게 토라져서 카페를 나서는 세아의 뒷모습을 보고 있자니 마음이 편치 않았다. 그렇게 토라진 채로 보낼 수는 없었다.

나도 가방을 챙겨 들고 세아의 뒤를 쫓았다. 급하게 찻값을 지불하고 밖으로 나왔지만, 그새 세아는 사라지고 없었다. 어디로 갔을까 사방을 두리번거렸지만, 여전히 보이지 않았다. 그렇게 헤어졌다가 다음날 어색하게 마주칠 걸 생각하니 더욱 마음이 불편했다. 어떻게든 토라진 세아를 붙잡아 그 어린아이 같은 마음을 풀어주어야 했다. 연신 길 건너 버스 정류장 쪽에 눈길을 주며 지하철역 쪽으로 빠르게 걸음을 옮겼다.

"수혜야!"

내가 막 빌딩과 빌딩 사이 어둡고 좁다란 골목을 지나치는데 그곳에서 세아가 갑자기 툭, 튀어나왔다.

"어맛! 깜짝이야!"

나는 깜짝 놀라서 길바닥에 주저앉고 말았다. 어이없이 주저앉은 내 모습을 보며 세아는 아무 일도 없었다는 듯이 까르르 웃음을 터뜨렸다.

"내가 걱정돼서 쫓아 나온 거야?"

천연덕스럽게 웃음을 터뜨리는 세아의 모습에 나는 그냥 어이가 없었다.

"그럼. 네가 그렇게 나가버리니까. 그냥 보내면 안 될 것 같아서……."

엉거주춤 몸을 일으키고 옷에 묻은 흙먼지를 털며 말했다.

"네가 따라 나오면 놀라게 해 주려고 골목길에 숨긴 숨었는데, 네가 나를 찾지 않으면 어쩌나 슬며시 걱정되더라."

세아는 빙긋 웃으며 말했다.

"미안해."

내가 정색하며 말했다.

"나도 내가 너무 철이 없다는 거 알아. 그래서 가끔 너를 힘들게 하지? 내가 오히려 미안해."

세아도 정색하고 말했다.

"아니야. 네 말대로 친구 사이에 자꾸 감추려고 한 내가 잘못했어."

"아니라니까. 내 잘못이야. 어릴 때 엄마가 돌아가시고 응석받이로 커서 그런지 나이에 비해 철딱서니가 없다는 소리 많이 들어."

세아도 나처럼 엄마가 없는 아이라는 사실에 나도 모르게 묘한 동질감이 느껴졌다.

"가자, 우리 집."

세아는 눈을 동그랗게 뜨고 어린아이처럼 폴짝거렸다. 아무튼 나는 세아를 당해 낼 재간이 없었다.

엇갈린 운명

내가 밀어낼 수 없는 세아의 마법 같은 기운에 이끌려 나는 결국 세아와 함께 나의 자취방으로 가지 않을 수가 없었다. 태완이 시골집에 갈 일이 있다고 한 게 다행이었다. 그런데 자췻집 골목 쪽으로 난 내방 들창에서 빛이 새어 나오고 있었다.

'아침에 불을 끄지 않았나?' 세아와 내가 방문을 열자 무심히 책상에 앉아 책을 읽던 태완이 예상치 못한 방문객에 놀라서 벌떡 일어섰다. 세아 역시 뜻밖의 인물을 발견한 놀라움에 눈을 동그랗게 뜨고 나와 태완을 번갈아 쳐다보았다. 태완은 갑작스러운 불청객에게 드러내놓고 싫은 기색을 보였다. 나만 두 사람 사이에서 어찌할 바를 모르고 전전긍긍하며 진땀을 흘리고 있었다.

세아는 태완의 불쾌한 표정에도 아랑곳없이 호기심 어린 눈을 반짝거리며 물었다.

"누, 누구셔?"

"어, 고, 고향 친구. 강태완. 그리고 이쪽은 세아. 같은 과 친구야."

"아, 고향 친구. 반가워요."

세아가 명랑한 목소리로 인사하며 태완에게 악수를 청했다. 태완은 내키지 않는 눈치였지만 어쩔 수 없이 세아의 내민 손을 맞잡으며 눈인사를 했다.

"그러니까 집에 숨겨둔 애인이 있긴 했네. 아우, 앙큼한 계집애."

세아가 내게 귀엣말하며 키들거렸다.

"아, 아니! 그런 건 아니고, 그냥 고향 친구라니까?"

"수혜에게 가까이 지내는 고향 친구가 있다는 말은 처음 들었어요."

세아는 눈앞에 펼쳐진 뜻밖의 상황이 그저 재미있는 모양이었다. 태완은 내 말에 놀랐는지 눈을 크게 뜨고 내 쪽을 돌아보았다. 내 말에 조금 화가 난 모양이었다. 나는 애써 모른 척 그런 태완의 시선을 외면했다. 화가 나면 그대로 얼굴에 드러나는 태완은 어색한 공기를 견디지 못하고 먼저 자리를 털고 일어나 나갔지만, 어쩔 수가 없어서 그가 가는 대로 그냥 두고 볼 수밖에

없었다. 내가 의뭉스럽고 내숭스러운 데가 있는지 세아에게 태완
은 내게 운명 같은 사람이라는 걸 말할 수 없었다. 그런 나에 비
해서 세아는 워낙 남의 말을 의심 없이 믿는 순수한 아이였는지,
태완과 내가 어린 시절을 함께 보낸 단순한 고향 친구 사이라는
걸 눈곱만치도 의심하지 않았다.

그날 밤 그렇게 자취방을 나간 후로 태완은 연락이 없었다. 나
는 그의 화를 어떻게 풀어주어야 할지 알지 못했다. 보름이나 지
나서야 불쑥 태완이 찾아왔지만, 그는 여전히 내게 골이 나 있었
다.

"왜 그랬어?"

"미안해. 그날은 세아가 꼭 우리 집에서 자고 가겠다고 어찌나
떼를 쓰던지."

"그 얘기가 아니잖아. 왜, 나를 당당하게 밝히지 않았느냐고.
그 애 앞에서 내가 부끄러웠니?"

"그게 무슨 자격지심이야. 나는 단 한 번도 네가 부끄러웠던
적이 없어."

"혹시, 무식하고 극성맞은 우리 엄마 때문이니?"

태완이 따지듯 물었다.

"그게 무슨 소리야. 한 번도 그렇게 생각한 적이 없어. 그저 너

를 어떻게 설명해야 할지 몰랐던 것뿐이야. 뭐랄까 너는 이해하기 어려울지 모르지만, 나는 나를 드러내는 데 익숙하질 못해. 그리고 나는 너를 아무도 모르는 나만의 비밀로 감춰두고 싶었을 뿐이야. 유치하고 우습게 들리겠지만.

태완은 내 엉뚱한 말에 조금 어이 없어 했다.

"알아. 좀 이상하게 들리겠지. 그런데 나는 그래. 나에게 소중한 것들은 아무도 모르게 꼭꼭 숨겨두고 싶어. 너무나 소중해서. 안 그러면 하루아침에 신기루처럼 사라져 버릴까 봐. 암튼 마음이 상했다면 미안해."

"내가 어딜 가. 나도 너 아니면 갈 데가 없다는 거 알잖아. 나는 언제나 너와 함께야."

태완은 가벼운 한숨과 함께 나를 꼭 안아주며 말했다. 그 말 한마디에 보름간이나 짓누르고 있던 내 마음속 먹구름은 모두 사라졌다.

태완의 존재를 알아버린 세아에게 태완을 나만의 비밀로 숨겨두는 일은 불가능했다. 나를 중심으로 두 사람의 동선이 겹치는 날이 많아지면서 두 사람이 마주치는 일이 잦아졌다. 태완과 이미 안면을 익힌 세아는 태완에게도 거리낌이 없었다. 처음에는 경계하고 불편해하던 태완도 워낙 붙임성이 좋은 세아에게 점차 마음을 열었다. 세아라면 천하의 무실 댁의 마음도 봄 눈 녹듯이

녹여낼 수 있을 것 같았다. 나에게는 없는 능력을 세아가 가진 것
에 조금은 부럽기도 하고, 조금은 샘이 났다.

　우리 세 사람의 관계가 처음에는 나를 중심으로 이루어졌다면
우리가 알아채지 못하는 새에 그 중심이 세아에게로 옮겨졌다.
세아는 어느 때 어느 장소에 있더라도 자연스럽게 중심인물이 되
는 아이였다. 그런 세아였기에 우리 세 사람이 잘 어울릴 수 있던
것인지도 모른다. 뚝뚝한 태완도 점차 세아의 햇살같이 밝은 기
운에 물이 드는지 세아의 재미없는 농담에도 태완은 고개를 들어
먼 하늘을 바라보며 껄껄 웃곤 했다. 나는 문득문득 그들 두 사람
사이에서 길을 잃은 듯이 허둥대거나, 불쑥불쑥 이유를 알 수 없
는 쓸쓸함을 느끼곤 했다. 태완은 이제 세아와 나, 우리 두 사람
의 태완이었고, 우리는 마치 셋이 함께 모여야 온전하게 완전체
를 이루는 세발자전거와도 같았다. 그것도 잠시, 언제부턴가 내
가 하는 일이 많아지면서 자연스럽게 나를 뺀 태완과 세아 둘이
서 시간을 보내는 날이 많아졌다. 내가 서빙 일을 하는 카페에서
일을 마칠 때까지 두 사람이 한 테이블에 앉아 키득대는 날이 많
아졌고, 내가 늦은 시간까지 출판사 교정 일을 하는 날이면, 나를
뺀 두 사람만 근처 커피숍에서 시간을 보내는 날도 종종 생겼다.
내가 그런 것처럼 태완 역시 세아와 함께 하면서 전보다 더 훨씬

밝고, 명랑한 사람이 되어갔다. 태완의 변화되는 모습에 나도 덩달아 들뜨고 행복하기도 했지만, 동시에 그가 점차 내가 모르는 타인이 되어 가는것 같아서 낯설고 멀게 느껴졌다.

그 무렵 나는 더욱 바빠졌다. 출판사에서 내가 꼼꼼하게 일을 잘한다며 전보다 많은 일을 맡겼기 때문이다. 거기다 편집실의 정직원과 똑같은 대우를 받게 되었다. 월급이 많아졌고 직원 혜택도 늘었다. 그만큼 책임이 더 늘었다. 다른 직원들과 함께 야근하는 날이 잦았고 가끔은 마감일이 촉박해 밤을 꼬박 새우는 날까지 생겼다. 그런 일들이 힘에 부치긴 했지만, 한편으로는 일에 집중하는 동안 세아나 태완을 향한 집착에서 조금은 벗어날 수 있는 것이 좋았다.

꼬박 밤을 새우고 파김치가 되어 새벽에 집으로 돌아와 무심히 방문을 열었는데 태완과 세아가 천진한 얼굴을 마주하고 한 이불을 덮고 잠이 들어있었다. 나는 눈 앞에 펼쳐진 뜻밖의 모습에 너무 놀라서 굳은 듯이 선 채로, 잠들어 있는 그들을 한동안 내려다보고 있었다. 뒤늦게 내 기척을 느끼고 부스스 일어나 앉은 그들은 자기들이 생각해도 어이가 없었는지 서로를 바라보며 깔깔 웃음을 터뜨렸다. 두 사람은 마주 앉아서 이불 속에 발을 묻고 얘기를 나누다가 스르르 쓰러져 잠이 들었던 모양이다. 눈물

까지 찔끔거리며 웃는 모습에 나도 덩달아 그냥 웃고 말긴 했지
만, 한 이불 속에서 얼굴을 마주하고 잠들어 있던 그들의 모습은
내 머릿속에 또렷하게 남아있었다.

두 사람은 점점 허물이 없어졌다. 한 번씩 스스럼없이 태완의
어깨를 치며 까르르 웃음을 터뜨리는 세아와, 그런 세아를 바라
보며 함께 웃는 태완을 볼 때마다 나는 그들 사이에서 점점 더 쓸
쓸해졌다. 나는 그들에게서 홀로 떨어져 나온 것 같이 외로웠다.
마치 망망대해에 나 홀로 떠 있는 한 점 섬이 되어버린 느낌이었
다. 그런 나의 유치한 감정을 그들이 눈치챌까 봐 나는 또 전전긍
긍했다. 동시에 세아에게 정신이 팔려있는 태완을 향한 칼날 같
은 질투심으로 가슴이 아팠다. 그 모든 것이 애초에 내가 세아에
게 태완을 똑바로 소개하지 않은 내 탓이었다.
　신경이 있는 대로 곤두선 나는 어쩌다 한 번씩 태완과 단둘이
있는 시간에도 자주 대립각을 세웠고 그럴 때마다 태완은 권태기
에 이른 남편처럼 나를 짜증스러워했다. 모처럼 세아 없이 둘만
의 시간이 났을 적에도 공연한 자존심을 세우며 밀린 빨래나 하
며 하루를 허비하였다. 그러다가 그가 며칠씩 연락하지 않으면
나는 슬펐다. 퇴근하여 굴속 같은 자취방에서 옷도 갈아입지 않
은 채 흐느껴 울었다.

나는 점점 신경이 분산되어 좀처럼 출판사 일에 집중할 수가 없었다. 전에 없던 실수가 잦아졌다.

"도대체 정신을 어디에 팔고 있는 거예요! 출판사 일이 장난 같아요?"

편집장의 호통에 변명의 여지가 없었다.

"박수혜 씨, 요즘 왜 그래요? 놀러 나온 거예요?"

얼굴이 숯불처럼 뻘겋게 달아오른 편집장은 좀처럼 화가 가라앉지 않는 모양이었다.

"죄, 죄송해요."

나는 그저 고개를 숙이고 죄송하다는 말만 되풀이했다.

"온 직원이 며칠째 밤을 꼴딱 새워가며 일을 하는 게 안보여요? 이런 식이면 곤란해요."

"편집장님, 고정하세요. 박수혜 씨한테는 제가 잘 알아듣게 얘기하겠습니다."

곁에서 보고 있기가 민망했던지 결국 홍 대리가 나섰다. 편집장은 홍 대리에 이끌려 여전히 씨근벌떡하며 편집실을 나갔다. 다른 직원들도 눈치를 보다가 하나씩 슬금슬금 자리를 피하고 마침내 사무실에 아무도 남아있지 않게 되었을 때 왈칵, 눈물이 터졌다. 눈물은 금세 걷잡을 수 없이 흘러내렸다. 그렇지 않아도 소리 내어 울고 싶었는데 마침 편집장이 울고 싶은 아이 뺨 때려 준

격이었다. 나는 그대로 책상에 엎드려 이유를 알 수 없는 울음을 흐느껴 울었다. 나는 어릴 적에도 그처럼 소리 내어 흐느껴 울어 본 적이 없었다. 실컷 울고 나자 가슴에 커다란 구멍이 뚫린 것처럼 시리고 허전해졌다. 두 팔에 파묻었던 젖은 얼굴을 들어 올리자 맞은편 책상 끝에 걸터앉아 내 쪽을 물끄러미 바라보고 있던 홍 대리와 눈이 마주쳤다. 아무도 없는 줄 알았던 사무실에 어느 틈에 홍 대리가 들어와 있었던 모양이다. 나와 눈이 마주치자 홍 대리는 따뜻한 미소를 지으며 미리 준비했던 듯이 손수건을 내밀었다.

"다 울었어요?"

홍 대리가 따뜻한 목소리로 물었다.

"……."

"괜찮아요. 그럴 때도 있는 거지요."

내가 부끄러움에 아무 말도 못 하자, 홍 대리는 빙긋 웃으며 혼잣말처럼 말을 이었다. 부끄러운 모습을 들켜버린 나는 민망해서 고개를 들 수가 없었다. 홍 대리는 그런 내 마음을 눈치챘는지 더 말을 시키지 않았다. 우리 두 사람은 묵묵히 그 자리에 앉아있었다. 불을 켜지 않은 사무실은 점점 어둠에 묻혀갔다. 건너편 책상에 걸터앉은 홍 대리의 모습이 어둠 속에서 짙은 실루엣으로만 보였다.

"수혜 씨, 많이 울어서 배고프죠. 우리 밥 먹으러 가요."

홍 대리가 정적을 깨고 말했다. 마치 아무 일도 없었다는 듯이.

"아, 근데 수혜 씨 우는 소리 되게 이상했던 거 알아요? 와, 나는 이렇게 이쁜 수혜 씨가 그렇게 이상한 소리로 우는 줄은 정말 몰랐네."

어이없는 그의 농담에 슬며시 웃음이 났다.

"어어, 울다가 웃으면 안 되는데? 그러면 큰일 나는데?"

"걱정하지 말아요. 내가 생각보다 입이 무거운 놈이거든요. 나랑 같이 맛있는 거, 먹으러 가주시면 그 사실을 죽을 때까지 비밀에 부쳐 줄게요."

"자, 어서 가요. 근처에 라면 맛있게 하는 집을 제가 알아요."

주저하는 내 팔을 그가 잡아끌었다. 아닌 게 아니라 오랜만에 소리 내어 울고 났더니 배가 고프기는 했다. 홍 대리가 나를 이끌고 간 곳은 빌딩 뒷골목에 자리한 허름하고 좁은 라면집이었다. 홍 대리는 이미 그 집의 단골이었는지 주인 할머니는 홍 대리를 반갑게 맞아 주었다.

"오랜만에 왔네."

주인 할머니가 반가운 얼굴로 말했다.

"네, 좀 바빴어요."

홍 대리가 환히 웃으며 대답했다.

"여자 친구인가 봐."

물 잔을 테이블에 내려놓은 주인 할머니가 나를 유심히 쳐다보며 말했다.

"아, 예……."

홍 대리의 엉뚱한 대답에 내가 물을 마시다가 사레가 들어 콜록거리며 뭐라 대꾸를 하려고 하자 홍 대리는 내 옆구리를 쿡 찌르며 장난스럽게 웃었다.

"뭐 해 줄까?"

주인 할머니가 홍 대리를 보며 마치 손자 대하듯 반말로 물었다.

"얼큰 라면 둘이요. 진짜 맵게 해 주세요."

홍 대리가 나무젓가락을 손바닥 사이에 넣고 비비며 말했다.

"그려."

"울고 나면 원래 기운 빠져요. 배도 고프고. 그럴 때 풋고추 썰어 넣고 고춧가루 팍팍 넣은 라면 한 그릇 먹고 나면 땀이 쭉 나면서 개운해져요. 정신이 번쩍 들고 힘이 불끈 솟죠."

주인 할머니가 주방 쪽으로 사라지자 홍 대리가 소곤거렸다. 나무젓가락을 건네는 홍 대리의 눈에는 따뜻한 미소가 담겨 있었다.

주인 할머니가 라면을 양은 냄비째 끓여 내놓고는 곁에 있는 빈 테이블에 걸터앉아 있었다. 할머니는 말없이 바라보고 있다가 단무지도 한 번 더 담아 내주고, 물도 따라 주면서 마치 친할머니라도 된 듯이 우리가 먹는 걸 지긋이 건너다보고 있었다.

"둘이 닮았구먼, 그려."

가만히 우리를 건너다보고 있던 주인 할머니가 혼잣말처럼 말했다.

얼큰 라면이라더니 이름 그대로 정말 빨갛고 얼큰한 라면이었다. 후루룩 소리를 내면서 한 냄비를 뚝딱 비워내니 정말 속까지 후련해지면서 기분이 맑아졌다.

"어때요, 내 말 듣길 잘했죠? 정말 맛있었죠?"

라면의 마지막 가닥까지 다 건져 먹고서야 젓가락을 내려놓는 내게 홍 대리가 냅킨을 건네며 물었다.

"네, 정말 맛있네요. 아주 잘 먹었어요."

나는 홍 대리에게 진심으로 활짝 웃으며 말했다.

"아, 다행이다."

홍 대리도 유쾌하게 웃었다. 홍 대리는 함께 있으면 기분이 좋아지는 사람이었다.

"수혜 씨 오락 잘해요?"

"오락이요?"

생각해보니 도로 양옆으로 한 집 걸러 한 집이 오락실이었음에도 나는 한 번도 오락실에 들어가 본 적이 없었다. 그러고 보니 그때까지 나는 동전을 들고 들어가 전자 오락기를 두들길 만한 마음의 여유를 가져보지 못했다.

"따라와요."

해 본 적이 없다며 고개를 가로젓자, 홍 대리가 볼 것 없이 내 팔을 끌어당겨 근처에 기계음이 요란한 전자오락실로 이끌었다.

"이리 와 봐요, 내가 가르쳐줄게요. 자, 이게 두더지 게임이라는 건데, 여기 이놈들이 머리를 내밀면 이렇게, 망치로 두들겨 패는 거예요. 인정사정 볼 것 없어요. 봐요, 재밌죠?"

홍 대리는 두더지 게임 기계에 동전을 넣더니 여기저기 정신없이 튀어나오는 두더지의 머리를 사정없이 망치로 두들겨 대고 있었다.

"이번에는 수혜 씨가 해 봐요."

홍 대리는 내 손에 망치를 쥐여주더니 망치를 잡은 내 손을 자기 손으로 겹쳐 잡고는 내가 여기저기 마구잡이로 튀어나오는 두더지 머리를 빠짐없이 두들겨 팰 수 있도록 도와주었다.

"자, 막 때려요. 이놈은 편집장, 저놈은 박 과장, 옳지 요놈은 김 대리다. 이놈들을 평소에 수혜 씨를 괴롭히던 미운 놈들이라고 생각해요."

"하하하……."

"그렇게 생각하니까 더 재밌죠? 어랏, 생긴 것도 닮은 것 같네요, 그쵸? 수혜 씨 웃는 거 보니 좋네요. 웃으니까 울 때보다 훨씬 이쁘네요."

나는 큰 소리로 웃음을 터뜨리자, 홍 대리도 따라 웃으며 말을 이었다.

"근데…… 수혜 씨, 요즘 무슨 일 있어요?"

한바탕 신나게 두더지를 때려잡은 후 오락실을 나와 좁다란 골목길을 빠져나오며 홍 대리가 넌지시 물었다.

"아뇨, 아무 일도."

새삼 사무실에서 편집장에게 호되게 당한 생각이 나서 부끄러워졌다.

"무슨 일인지 모르지만, 별일 아니었으면 좋겠네요."

"……."

"언제든 제 도움이 필요하면 얘기해요. 오늘처럼 얼큰 라면을 먹고 싶거나 두더지를 두들겨 패고 싶어지거나 기분전환이 필요하면 언제든지."

"네, 그럴게요."

"제가 할머니네 라면집 말고도 남들이 잘 모르는 맛집들을 많이 알고 있어요. 저랑 친해 두면 좋은 게 많아요."

홍 대리가 마치 큰 비밀이라도 흘리는 듯, 귀엣말로 속삭이는 바람에 또 한 번 크게 웃음을 터뜨렸다. 골목길을 빠져나와 길가 버스 정류장에 다다르자 곁에 꽃을 파는 손수레가 보였다.

"잠깐만요."

홍 대리는 손수레에 다가가 붉은 장미와 흰 안개꽃을 풍성하게 섞어 한 다발을 사더니 내게 건네주었다.

"수혜 씨, 그거 아세요? 편집장을 설득해서 수혜 씨를 우리 편집실로 끌어들인 게 저였어요."

'그랬구나.' 눈치로 짐작은 했었지만 정말 그랬던 것인지는 알지 못했다.

"아, 고마워요. 그런데 제가 요즘 실수를 많이 해서……. 괜히 홍 대리님이 곤란해지셨겠어요."

"아, 아뇨. 저는 전혀 곤란하지 않았어요. 곤란해진 건 편집장이죠. 하하하. 편집장도 염려 마세요. 다혈질이라 오늘 저렇게 파르르 해도 내일이면 또 싹 잊는 뒤끝 없는 사람이에요. 앞으로도 수혜 씨 어려운 일 있으면, 그러니까…… 공적으로는 물론이고 사적으로도 도움이 필요하면 언제든 말씀하세요. 제가 도와드릴게요."

"……."

사적인 도움까지도 주겠다는 홍 대리의 말에 그의 옆얼굴을 가만히 올려다보았다.

"제 말은 그러니까…… 음, 수혜 씨를 끌어들인 데에는 사심이 가득했다…… 뭐 그런 말이에요."

"사심이요?"

내가 눈을 휘둥그레 뜨자 홍 대리의 얼굴이 붉어졌다.

"수혜 씨는 저한테 사적으로 아주 특별한 사람이란 뜻이에요. 그러니까…… 지금 제가 수혜 씨한테 고백하는 거라는 말씀이죠. 크하핫."

홍 대리는 자기가 말해놓고 스스로 부끄러웠는지 공연한 헛웃음을 웃었다.

"……."

나는 여태 내 일만으로도 버거워서 다른 사람의 감정까지 신경을 쓰지 못했다. 사무실에서 마주치는 홍 대리가 친절한 사람이라고 생각해 왔지만, 나를 향한 그의 마음은 미처 눈치채지 못했다. 홍 대리가 그런 생각을 하게 했다면 나의 태도에도 문제가 있었다는 것이다. 일이 커지기 전에 딱 잘라 말해야 했다.

"저기, 홍 대리님."

"알아요, 수혜 씨. 너무 갑작스럽겠죠."

"……."

참으로 곤란한 일이었다. 내가 난감해하자 홍 대리가 말을 이었다.

"지금은 그냥 제 마음이 그렇다는 것으로만 받아주세요. 그리고 천천히 생각해 주세요. 점차 긍정적인 방향으로 발전될 수 있으면 좋겠네요. 앗! 저기 버스 왔네요."

내가 미처 뭐라 할 새도 없이 홍 대리가 내 팔을 끌어당겨 버스 쪽으로 달려가더니 앞문이 열리자 내 등을 밀어 버스에 태웠다. 그가 안겨준 꽃다발을 안고 버스에 올라탄 뒤 차창 밖의 홍 대리를 바라보았다. 가로등 불빛 아래에서 환하게 웃으며 손을 흔들고 있는 홍 대리는 마치 무대 위에서 홀로 스포트라이트를 받고 서 있는 것처럼 정류장에 모인 사람들 사이에 오직 홍 대리만 보였다. 한바탕 꿈이었을까? 버스가 출발한 뒤, 가만히 내 품에 안긴 꽃다발을 내려다보았다. 분명 꿈은 아니었다. 어쩌면 출판사를 그만둬야 할지 모르겠다는 생각이 들었다.

오랜만에 셋이 함께 연극을 보기로 했지만 나와 세아 둘이서 연극을 보게 되었다. 태완은 요즘 취업 준비로 바쁜 모양이라고 둘러댔지만, 실상은 태완과 내가 조금 불편한 상태였다.

"요즘 왜 태완 씨 자주 안 만나?"

세아가 내게 팔짱을 바짝 끼며 물었다.

"요즘 바쁜가 봐."

대충 둘러대긴 했지만, 전혀 없는 말도 아니었다.

"둘이 싸웠지?"

세아가 눈을 가늘게 뜨고 곁눈질하며 떠보듯이 물었다.

"아니, 우리가 뭐 애들이니?"

시치미를 뚝 떼고 말했다.

"자주 보이던 사람이 통 안 보이니 보고 싶네."

세아는 멀리 햇살에 반짝이는 나뭇잎을 올려다보며 말했다.

세아의 그 말에 나는 또 두 사람이 한 이불 속에서 얼굴을 마주하고 잠들어 있던 그 장면이 떠올랐다. 세아는 갑자기 걸음을 뚝 멈추더니 정색하며 물었다.

"말해봐. 둘이 정말 어떤 사이야? 옆에서 보면 두 사람 사이 정말 묘한 거 알아?"

"무슨 말이야? 묘하다니?"

내가 당황해서 물었다.

"몰라. 말로는 그냥 고향 친구라지만 그러기엔 두 사람이 서로를 너무 챙겨. 마치 가족 같아. 남매 같기도 하고, 한편으로는 오래 함께 산 부부 같기도 하고. 암튼 묘하다니까?"

"그, 그거야 아주 어릴 때부터 알던 사이라⋯⋯."

나는 왜 그때까지도 세아에게 솔직하지 못했을까.

"두 사람 사이 정말 아무 사이도 아닌 거지? 단순히 고향 친구

일 뿐이라 이거지?"

눈을 동그랗게 뜨며 못을 박는 세아의 말에 불길한 마음이 들었다.

"그, 그렇다니까."

"두 사람 사이에 알 수 없는 어떤 끈끈함 같은 게 느껴졌어. 내가 끼어들 수 없는 단단함 같은 거. 아마 오래 함께한 두 사람만의 시간 때문이겠지."

"그, 그렇겠지."

"그런 두 사람의 우정이 부럽기도 하고, 샘이 나기도 하고."

세아는 먼데 눈을 두고 혼잣말하듯 말했다.

먼 데서 아득하게 느껴지던 불안감이 조금 더 구체화 된 것 같았다. 심장에 쿵 하고 커다란 바위가 내려앉았다. 그래도 나는 여전히 막연하게나마 나와 태완 사이에 이어진 운명의 끈을 믿고 싶었다. 첫눈에 서로를 알아보았던 운명의 끈. 누구도 끼어들 수 없고, 그 어떤 장애도 우리를 갈라놓지 못할 운명의 끈. 하지만 점점 가까이 다가오는 어떤 불길한 마음에 우리 두 사람 사이의 운명의 끈에 대한 굳건한 믿음이 조금씩 허물어지고 있었다.

운명의 역습

나와 태완은 예전 같지 않게 별일 아닌 걸 가지고도 자주 언쟁
을 벌였다. 그러고 나면 그는 훌쩍 나가서 몇 날 며칠이나 연락이
없었다. 그럴 때마다 내 가슴에 깊은 웅덩이가 패는 것 같았고,
패인 그 자리에 찬 바람이 불었다. 무심한 태완은 내 아픈 마음은
아랑곳없이 자기 마음이 풀리면 불쑥 나를 찾아왔다. 그게 우리
두 사람 사이의 암묵적인 화해였다. 아무 일 없었다는 듯이 태완
이 오면, 나 역시 아무 일 없었던 듯이 밥솥에 쌀을 한 컵 더 씻어
안치고, 골목을 나가 구멍가게에서 두부나 콩나물을 사서 찌개를
끓이고 나물을 무쳐 저녁상을 차렸다.

그런 일이 잦아지면서 우리는 점점 익숙해졌다. 우린 오랜 세
월 그 자리에 멈추어 있었고, 동시에 점점 더 멀어지고 있었다.

멀어진 거리만큼 그에게 내가 알지 못하는 시간이 생기기 시작했다. 나는 내가 모르는 그 시간을 굳이 묻지 않았고, 그도 나에게 애써 변명하지 않았다. 온통 태완에게만 집중하느라 미처 알아채지 못했지만, 어느 순간부터 세아에게도 내가 보지 못하는, 내가 알지 못하는 시간이 생겨나기 시작했다.

내가 모르는 그들 두 사람만의 기류가 흘렀다. 머릿속에 회오리바람이 불고, 가슴속에서 요동을 칠수록 나는 더 잠잠했다. 그건 두 사람을 향한 내 의리이자 우정 때문이기도 했지만, 실상 내가 입 밖에 내는 순간 실체를 드러낼지도 모를 불안감 때문이었다. 나는 두려웠다. 그렇게 아슬아슬하게 두 사람 사이의 경계에서 나는 휘청거렸다.

그날은 태완의 취업 면접이 있는 날이었다. 내가 양복을 다려주겠다고 해서 태완은 일찌감치 나의 자취방으로 양복을 들고 왔다. 정성껏 다림질한 양복을 차려입고 집을 나서는 태완의 뒤를 따라나서며 어깨며 등에 붙은 먼지를 털어내 주었다. 자췻집 대문을 나서 골목길을 빠져나가는 뒷모습을 확인하고 돌아서는데 섬뜩한 기운이 느껴졌다. 쪽문을 열고 대문 쪽으로 바로 나간 태완은 미처 못 본 모양이지만 배웅을 하고 돌아서던 나는 쪽문 뒤쪽으로 낯익은 누군가의 싸늘한 시선을 느꼈다. 자세히 보지는 못했지만 그게 누구인지 느낌만으로도 알 수 있었다.

"태완이 쟈가 와 여서 나오나? 지 집 놔두고 와 니 집에서 나오나?"

내가 차마 돌아서지 못하고 굳은 몸으로 제자리에 서 있는데 등 뒤에서 그 낯익은 꺾쉰 목소리가 낮게 들렸다.

"이래 쥐새끼 맹크로 숨어 지내면 내가 모릴 줄 알았드나?"

그 목소리! 나의 기억 속에서 지워내려고 발버둥 쳤지만 그럴수록 더욱 귓가에 생생한 목소리. 그건 내가 아주 어릴 때부터 입에 담지 못할 욕설로 내 가슴을 후벼파던 여인, 무실 댁의 목소리였다. 무실 댁이 어떻게 나를 찾아냈을까.

간신히 정신을 가다듬고 가까스로 몸을 돌렸다.

"여, 여긴, 어떻게?"

아득해지려는 한 줄 정신을 가까스로 붙잡고 고개를 외로 돌린 채 말했다. 두 주먹을 꼭 쥐어보지만, 바들바들 떨려나오는 목소리는 어쩔 수 없었다.

"와, 니가 숨으면, 내가 영영 못 찾을 중 알았나? 요, 앙큼한 년, 니가 감히 내 아들을 후려냈드나!"

오래전 악몽이 내 앞에서 되살아났다.

"내가 애지녁부터 니가 음탕하고 가증스런 년인걸 알아봤다 아이가."

무실 댁의 목소리가 높아지자 무슨 일인가 궁금해진 자취방 사람들이 이곳저곳에서 쪽문을 열고 내다보았다.

"저기, 안으로 들어가셔서 말씀을……."

기웃대는 자취방 사람들의 눈을 피해 그녀에게 속삭였다.

"와, 부끄러븐 줄은 아나부제? 니 곁이 드려븐 년도 그런 거를 알긴 아나?"

무실 댁을 집 안으로 끌어당겨 봤지만, 그녀는 꿈쩍도 하지 않았다. 나에게 어디서 그런 힘이 나왔는지 나는 눈을 질끈 감고 무실 댁의 앞섶을 움켜쥐고 가까스로 그녀를 부엌 안으로 끌어들인 뒤 밖으로 소리가 새어 나가지 않도록 쪽문부터 꼭 닫았다.

"뭐 하는 짓이고, 이 더러븐 년이! 이거 놔라, 이거 몬 놓겠나?"

무실 댁은 내 뺨부터 후려쳤다. 나는 휘청거리며 부뚜막 앞으로 고꾸라졌다.

"제발, 조용히, 조용히 말씀해 주세요."

목소리가 바들바들 떨려 나왔다.

"시끄럽다 이년! 어디서 그 더러븐 뱀의 샛바닥을 놀리노? 내가, 그 시장통 더러븐 첩실 때문에 어떻게 살아왔는데, 내가 어떤 마음으로 키운 아들인데, 니년이 감히 그 드러븐 치마폭에 감촸노? 니, 내한테서 내 아들 뺏은 거 같제? 니 시방, 내한테 이긴 거 같재? 천만의 말씀이다. 태완이 그거 내 몬 버린다. 두고 볼까? 니캉 내캉 죽자하고 싸우면 태완이가 누구 편을 드나 함 두고 볼까?"

"어, 어머니…… 제발."

나는 그녀 앞에서 무릎을 꿇고 그녀의 치맛자락에 매달렸다.

"시끄럽다, 내가 와 느그 어머니고? 그 주댕이 몬닥치나?"

몸뚱이는 늙고 야위었는데 젊었던 기운이 모두 독한 눈빛과 목소리로 간 모양이었다. 무릎을 꿇고 매달리는 나의 두 손을 매몰차게 뿌리친 무실 댁은 찔러도 피 한 방울 나지 않을 것 같은 독기 서린 눈으로 나를 노려보았다.

"똑똑히 전하래이, 내일 아침 첫차 타고 당장 집으로 내려오라 캐라. 안 내려오믄 무슨 일이 일어날지는 내도 모린다 캐라. 나 세상에 무서블 거 없다. 시집와서 이날 이때까지 내 혼자 몸으로 살았데이. 누구 하나 안돌아 봐 줬이도 내 혼자 농사짓고 아 공부 시키고 이만큼 살았데이. 겁 날거 없데이. 자식이라고 하나 밖이 없는 게 즈그 애미 속에 들은 한을 몬 알아주믄 자식도 아인기라. 그라모 살 필요 뭐가 있것노. 내도 죽고, 지도 죽는기제."

"어머니, 그런 말씀은, 제발……."

부엌 바닥에 바짝 무릎을 꿇고 앉아서 눈물 콧물이 범벅된 얼굴로 빌었다. 성황당에 빌 듯이 두 손이 닳도록 빌고 또 빌었다.

태완과 헤어지지 않을 수만 있다면 나는 무슨 짓이라도 할 수 있었다.

"치아라 마, 꿈에 볼까 무섭구마. 내가 분명히 말했다. 내일 첫차 타고 집에 안 내려오믄 그 담에 무슨 일이 일어날지는 내도 모르다꼬."

무실 댁은 나를 매몰차게 뿌리쳤고 나는 그대로 부엌 바닥에 나동그라졌다. 활짝 열어젖히고 나간 부엌 쪽문 밖으로 자취방 사람들이 웅성거리며 모여 서 있는 게 보였다. 나는 한동안 몸을 일으킬 힘이 없어서 부엌 바닥에 죽은 듯이 엎드려있었다. 잠깐의 몸싸움이었는데도 온몸이 아프고 몸살이 나서 출근도 못 하고 온종일 방에 누워서 끝도 없이 흐르는 눈물에 베갯잇만 적셨다.

저녁에 돌아온 태완은 아침까지만 해도 괜찮았던 내가 드러누워 있자 뭔가 심상치 않은 기운을 느꼈는지 슬슬 내 눈치를 살폈다. 하지만 나는 그에게 무실 댁이 우리 집을 찾아냈다는 말을 차마 할 수가 없었다. 서슬이 시퍼렇던 그녀를 생각만 해도 정신이 아득해져서 차마 입술이 떨어지지 않았다. 밤새 한잠도 못 자고 뒤척이다가 들창이 훤하게 밝아오는 걸 보고야 깜빡 잠이 들었던 모양이다.

정신이 번쩍 나서 눈을 떴을 때는 해가 이미 중천에 뜬 다음이었다. 몸을 일으키려고 했지만, 온몸이 타박상을 입은 것처럼 아파서 꼼짝을 할 수가 없었다. 그때 마침 태완이 소반을 들고 들어왔다.

"얼마나 아픈지 자면서 끙끙 앓기에, 나가서 약 좀 사 왔어. 입이 깔깔해도 죽 좀 먹자. 빈속에 약을 먹을 순 없잖아."

나를 일으켜 앉히는 태완의 눈을 바로 바라볼 수가 없었다. '똑똑이 전하그래이.' 무실 댁의 목소리가 귀에 쟁쟁했다.

"근데, 어제 무슨 일 있었어?"

막 죽 한 숟가락을 떴을 때 태완이 물었다.

"……!"

심장이 쿵, 내려앉았다.

"옆 방 아가씨가 어제 누가 찾아왔었다고."

태완이 근심스레 물었다.

"……."

대답 대신 눈물이 툭 떨어뜨렸다.

"성북동에서 오셨어? 성북동 어머니가 오셨던 거야?"

여전히 말을 못 하고 눈물을 흘리는 나를 빤히 쳐다보던 태완의 눈빛이 흔들렸다.

"시골에서…… 무실 댁, 아니, 네 어머니가."

나는 짧게 무실 댁이 왔다는 걸 말하며 눈을 질끈 감았다.

"여길? 여길, 어떻게 알고?"

태완은 당황했다.

"나도 몰라. 하지만 찾으려고 들면 못 찾으실 분도 아니잖아."

내가 담담히 말했다.

"널 때리셨니? 맞은 거야? 그래서 이렇게 아픈 거야?"

태완이 울 것 같은 표정으로 물었다.

"아니, 그것보다 지금 당장 시골로 내려가 봐. 미안해. 너무 늦게 말해서 미안해. 그런데 나 지금 너무 무서워. 어머니가 무슨 일을 하시려는지 무서워. 지금 당장 시골로 내려가."

나는 결국 흐느끼며 무실 댁이 전하라던 말을 태완에게 말했다. 태완은 허둥지둥 정신 나간 사람처럼 겉옷을 걸치고 밖으로 뛰쳐나갔다.

태완은 그렇게 나간 후 한동안 돌아오지 않았다. 그에게 무슨 일이 생긴 건 분명했지만 나는 그걸 알아내는 것이 더 겁이 났다. 나는 마치 그 일을 아예 모르는 사람처럼 행동했다. 나 자신을 속이려고 애썼다. 학교가 끝나면 곧바로 출판사로 출근했고 늦은 시간까지 일했다. 태완의 생각에서 벗어나기 위해 나는 더욱 일에 몰두했다. 야근도 마다하지 않았다.

"수혜 씨, 요즘 일 너무 열심히 하는 거 아니에요?"

고개를 들어보니 어느새 내 책상 곁에 와서 서 있던 홍 대리가 나에게 자판기 커피를 내밀었다.

"아, 네."

나는 가볍게 목례하며 커피를 받아 양손으로 감쌌다.

"무슨 일을 그렇게 사생결단으로 목숨 걸고 해요."

홍 대리가 농담하며 웃었지만, 나는 따라 웃을 수가 없었다.

"……."

"아이, 수혜 씨는 너무 진지해서 탈이에요. 농담이에요. 쉬엄 쉬엄하시라고."

"조금 전에 수혜 씨 이름을 몇 번이나 불렀는지 알아요?"

"그러셨어요? 몰랐어요. 죄송해요."

"수혜 씨 그러는 거 보면 좀 불안해요."

홍 대리가 웃음기를 거두며 말했다.

"혹시, 무슨 일이 있는 건 아닐까. 무슨 생각을 떨쳐버리려고 저렇게 무섭게 집중하는 건가. 마음이 조마조마해요."

"……."

금방이라도 눈물이 터질 것 같아서 애써 눈길을 창밖 빈 하늘에 두었다.

"잊지 않았죠?"

"……?"

"내가 수혜 씨를 특별하게 생각하는 거. 언제든지 힘들면 손 내밀어요."

"아, 저기…… 실은 홍 대리님의 그런 관심이 조금 불편해요."

내가 정색하며 고개를 돌리자 그는 이미 오래전부터 그래왔던 것처럼 따뜻한 눈빛으로 가만히 나를 바라보고 있었다. 그에게서 선을 그으려는 내 생각과는 달리 그의 따뜻한 눈빛에 금세 내 가슴 깊은 곳에 숨겨진 멍들고 시린 곳까지 따뜻해졌다.

"부담 갖지 마세요. 사람 마음이 어디 쉽게 움직이나요. 하지만 수혜 씨 곁에 내가 있다는 건 잊지 마세요. 나는 절대로 어디 안 가요. 언제든지 수혜 씨가 필요로 할 때 나는 그 자리에 있어요. 막막하고 외로울 때, 슬플 때, 내게 손 내밀어요. 내가 그 손 잡아 줄게요. 기대고 싶을 땐 그냥 기대요. 전 언제나 수혜 씨 곁에 있을게요."

'이 사람은 어떤 사람인가.' 내가 가만히 쳐다보자 이번에는 그가 내 시선을 비껴서 창밖에 펼쳐진 야경을 말없이 내려다보았다. 그의 눈길에 가슴 깊은 곳까지 따뜻하면서도 머릿속으로는 온통 태완의 생각으로 혼란스러웠다.

태완은 한 달 가까이 연락이 없었다. 궁금해서 미칠 지경이었지만 차마 그에게 연락해 볼 엄두가 나지 않았다. 가슴이 타다 못해 시커멓게 재가 될 때쯤 나는 이성을 잃고 거리의 공중전화 부스를 찾아 동전을 넣었다. 차마 태완의 집으로는 못하고 고모 집으로 전화를 걸었다.

"오야, 내 새끼. 잘 지내나?"

마침 고모가 전화를 받았다.

"네. 저는 잘 있어요. 고모도 잘 지내시죠?"

"하모, 내야 뭐 잘 있제."

"고모부는 좀 어떠세요?"

"어떻기는 뭐 어떻겠노, 허리 빙신 돼가 이젠 아예 방구석에서 꼼짝도 못하고 누버만 있다 아이가."

고모가 한숨 섞인 목소리로 말했다. 고모부를 생각하면 언제나 마음이 아팠다. 언제나 나에게 말 없는 울타리가 되어주신 분이었다. 그런데도 나는 자주 고모부를 잊었다.

"고모가 고생이네요."

"고생은 뭘. 어디 아픈 사람만 하겠노. 평생 농사짓느라 뼈 빠지게 고생만 하다가 저래 다쳐가 누버만 있으니 마음만 안 좋제. 참, 근데 와 전화 했노? 무신 일 있나?"

"일은요, 그냥 식구들 안녕하신지 해서."

"느그 고모부만 아이모 걱정할 기 뭐 있나. 여기 걱정은 말고 한 번씩 성북동에도 가 보고 그라그라. 지난 번에 느그 어무이캉

통화했더이만, 같은 서울에 있으면서도 생전 안 찾아온다꼬, 서운해 하더라만."

"네. 가 봐야지요."

"그래, 미우나 고우나 느그 아부지 어무이 아이가. 말은 안 해도 느그 아부지도 섭섭할끼다. 그래, 정 옳이 굴지 말라, 카이."

정작 묻고 싶은 말은 묻지도 못하고 입술만 바짝바짝 말랐다.

"참, 니 무실 댁 소식 모르제?"

수화기 너머로 들려온 고모의 무심한 무실 댁 소리에 가슴이 쿵 내려앉았다.

"왜요? 그 집에 무슨 일 있어요?"

"아이고, 야야, 그 집에 난리 났었다, 아이가."

"난리라뇨? 무슨?"

"그 극성맞은 여편네 죽는다꼬 목을 안 매달았나, 그 집 아들이 아주, 식겁해서 난리도 그런 난리가 없었다이."

'기어이 목을!' 앞이 캄캄해지면서 현기증이 일어 고모의 목소리가 아득해졌다.

"참말로, 구급차 와서 그 여편네 싣고 가고, 동네가 한바탕 난리 났었구마."

"그래서, 그분은 어떠세요? 괜찮으시대요?"

"그 여편네 극성을 누가 말리것노? 그날 마침 서울서 태완이가 안 내려왔드나. 가가, 즈그 어매 구했다 카더라. 안 그랬으모, 송장 치울 뻔 했다 아이가. 그 지랄 같은 여편네 암튼 여러 사람 애멕인다. 근디 야야, 니 목소리가 와 그라노? 그 여편네가 아이라, 네가 먼저 죽게 생깄구마."

"전 괜찮아요. 감기 기운이 있는 모양이예요."

"니 혼자 있는데, 몸조심 하그래이. 암튼 그 여편네는 괘안타. 그 여편네는 괘않은데, 그 아들 태완이 속이 다 문드러졌을 끼다."

"아아~."

그날 고모와 무슨 말을 더했는지, 어떻게 전화를 끊었는지 기억에 없다.

고모와 통화한 이후로도 한참이나 더 태완은 감감무소식이었다. 태완이 서울에 올라왔더라는 소리는 들려왔지만, 태완은 여전히 내게 들르지 않았다. 그가 일부러 나를 피한다는 걸 알 수 있었다. 그 무렵 나 역시 세아를 피하고 있었다. 그런 심경으로 세아까지 챙길 여력이 없었기 때문이다. 내가 출판사 일을 핑계로 세아를 피하지 않더라도 세아 역시 뭐가 바쁜지 학교에서 보이지 않았다.

수수깡처럼 정신이 반쯤 나간 상태로 전공과목 수업을 마치고 강의실을 빠져나가려는데 세아와 딱 마주쳤다.

"수혜야!"

"세아야."

세아는 상기된 얼굴로 내게 팔짱을 끼며 밝게 웃었다.

"수혜야, 나 너한테 할 말 있어."

"어, 세아야, 미안해. 나 지금 조금 바빠서. 나중에 얘기하자."

내 무의식은 그때 이미 세아의 기쁨이 어디에서 나온 줄을 알았던 것일까. 나는 세아의 얼굴을 바로 볼 자신이 없어서 급하게 자리를 피했다. 그날 오후 금세 몸살기가 느껴지면서 심한 오한으로 결국 출판사에는 나가지 못했다. 어릴 때부터 줄곧 혼자였는데도 막상 태완의 빈자리를 견디기 힘들었다. 늘 드나들던 자취방 쪽문은 마치 백 년 전부터 여닫은 사람이 없었던 것처럼 문짝마저 을씨년스럽고 괴괴했다. 며칠째 밥을 끓여 먹은 흔적이 없어서 그런지 부엌마저도 컴컴하고 음산한 기운이 돌았다. 어지럼증이 일어 기듯이 방에 들어서자마자 이부자리를 펼치고 누우려는데 책상 위에 낯익은 글씨의 메모지가 보였다.

태완이 낮에 잠시 들렀던 모양이었다. 저녁에 다시 오겠다는 짧은 메모였다. 태완이 돌아왔다는 사실 만으로도 나는 기뻤다. 조금 전까지 기운이 하나도 없어서 당장이라도 쓰러질 것 같았던 내가 금세 기운이 번쩍 나서 지갑을 들고 시장으로 달려갔다. 태완을 만나 처음 장을 보고 저녁밥을 짓던 그 날처럼 가슴이 설렜다. 우선 태완이 좋아할 만한 반찬거리를 둘러보았다. 소고기를 좀 사고, 고등어도 한 마리 샀다. 나물 몇 가지 사고 이것저것 맛깔스러워 보이는 밑반찬들도 샀다. 집으로 돌아오자마자 갓 시집온 새댁처럼 수돗가에 쪼그려 앉아 생선을 손질하고 나물을 다듬었다. 소고기를 참기름에 조금 볶다가 무를 납작납작 썰어 넣고 맑은 소고기뭇국을 끓이고 고등어는 짭짤하게 굵은 소금을 넉넉히 쳐서 석쇠에 구웠다. 나물은 태완이 좋아하는 방식으로 새콤달콤 고추장 양념을 해서 조물조물 무쳤고, 새로 사 온 콩자반이며 장아찌 같은 밑반찬 몇 가지를 조금씩 접시에 보기 좋게 담았다. 정갈하게 밥상을 차려서 방 한가운데 놓고 오색 밥상보를 덮어두고 새댁이 신랑을 기다리듯 태완을 기다렸다. 옷이 너무 칙칙한 것 같아서 밝은색 블라우스로 갈아입었다. 그러고도 조바심이 나서 들창문을 열고 골목 쪽을 내다보며 태완이 오기를 기다렸다.

골목이 어둑해져서야 돌아온 태완의 얼굴은 까칠해 있었고 약간 야위어 있었다. 어머니가 목을 매단 현장을 목격했으니, 그럴 만도 했다. 오랜만에 보는데도 태완은 반가운 얼굴도 미안한 얼굴도 아니었다. 마치 처음 보는 사람처럼 내내 무표정이었다. 내

가 여섯 살 때부터 알아 왔고, 내 자취방에 드나든 지도 오래였
는데, 태완은 그 모든 걸 다 잊은 모양이었다. 태완은 방에 들어
와서도 내내 나와 눈을 맞추지 않았다. 그런 태완이 낯설고 서먹
했다.

"배고프지? 저녁 먹자. 내가 고깃국도 끓이고 생선도 구웠어."

애써 담담하게 말을 붙여 보지만 태완은 귀가 들리지 않는 사
람처럼 여전히 내 쪽으로 고개를 돌리지 않았다.

"내가 갖은 양념해서 나물도 새콤달콤 무쳤어. 너, 그렇게 무
친 거 좋아하잖아."

나는 말이 많아졌다. 태완이 마침내 침묵을 깨고 어떤 말을 해
올지 몰라서 지레 딴소리로 그의 입을 막았다.

"너 없는 동안, 나도 밥 안 해 먹었어. 네가 없으니까 입맛이
딱 없더라."

나는 바보처럼 헛웃음을 웃으면서 밥상보를 걷고 상을 끌어당
겼다.

"수혜야."

밥상을 끌어당기는 내 팔을 잡으며 마침내 태완이 입을 열었
다.

"어."

차마 태완의 눈을 바라보지 못한 채 대답했다.

"얘기 좀 하자."

고개를 돌려 보니 웃음기 없이 잔뜩 굳은 태완의 얼굴은 무서워 보이기까지 했다.

"무슨?"

나는 그가 하려는 얘기를 이미 알고 있는 사람처럼 두려웠다. 그가 입을 열기 전에 차라리 내 두 귀를 꽉 막아버리고 싶었다.

"국이 식었네. 다시 데워올까?"

내가 밥상을 태완 앞쪽으로 밀어 놓으며 말했다.

"아니! 수혜야, 이러지 마. 나 밥 안 먹어."

태완이 단호하게 말했다.

"밥을 왜 안 먹어. 배고플 텐데. 나도 배고파. 같이 먹자."

"안 먹는다고, 수혜야. 나 지금 너랑 밥 먹으려고 온 게 아니야. 너도 이미 내가 무슨 얘기를 하려는지 눈치챘잖아. 너, 그래서 이러는 거잖아."

정신 차리라는 듯, 태완이 내 양어깨를 잡아 흔들었다. 나는 그가 하려는 말을 듣기도 전에 벌써 울음이 터져 나왔다.

"국이 너무 식었네. 고등어도 뻣뻣해졌어. 갓 구워서 먹어야 맛있는데."

내가 넋이 빠져서 울먹이며 말했다.

"아니, 안 먹는다고. 밥, 안 먹는다고 했잖아. 정신 차리고 내

얘기 똑바로 들어. 나 오늘도 안 먹고, 내일도 안 먹어. 앞으로
는…… 앞으로는 너랑 밥 먹는 일 없어."

"아악!"

나는 두 귀를 틀어막고 고개를 흔들며 눈을 질끈 감아버렸다.

"수혜야, 잘 들어. 나 이제 너 안 만나. 아니, 이제 못 만나."

태완이 억지로 귀에서 내 두 손을 떼어내며 떨리는 목소리로
말했다.

"왜, 왜 그러는 거야? 무서워, 이런 장난 하지 마. 제발……."

더는 참을 수 없었던 눈물이 주르륵 흘러내리고 있었다.

"수혜야, 우리 서로 힘들었잖아. 너도 알잖아. 나, 이제 네가
싫어. 지긋지긋해. 너도 이젠 우리 엄마처럼 진절머리가 난다
고."

"……!"

나는 고개를 들어 가만히 그의 눈을 바라보았다.

"너도 이미 눈치챘잖아. 모른 척해도 소용없어. 나는 이제 너
에게서 위안받을 수가 없어. 네 옆에 있으면 마치 우리 엄마하고
있는 것 같아서 숨통이 막혀."

나는 아직도 그의 손에 움켜 잡혀있는 내 손을 힘겹게 빼내고
벽에 기대어 앉았다. 어디라도 기대지 않으면 당장 쓰러질 것만
같았다. 내 손을 놓은 태완도 다른 쪽 벽에 기대어 앉았다. 한동

안 정적이 흘렀다.

"있잖아. 나는 너를 언제나 내 비밀로 감춰두고 싶었어."

내가 정적을 깨고 말했다. 조용하고 차분하게 나오는 내 목소리가 마치 다른 사람의 목소리인 듯 내 귀에조차 낯설었다. 태완은 아무 대꾸도 하지 않았다.

"단짝이라면서 세아까지도 감쪽같이 속였지."

"……."

세아의 이름이 나오자 태완은 고개를 돌려 나를 곁눈질했다.

"전에 내가 말했지. 그건 너를 잃게 될까 두려워서였어. 나는 어릴 때부터 내가 간절히 원하는 건 모두 나를 떠났어. 그게 무엇이든. 물건이든, 사람이든. 우리 엄마도 나를 버렸고, 나를 지켜주겠다던 성북동 아버지도 나를 지켜주지 못했어. 내 동생들 정혜와 신혜에게는 여전히 아버지이면서, 내게는 언제나 먼데 있는 타인 같았어. 그렇게 간절히 빌었는데. 그렇게 내 곁에 있어 주길 바랐는데. 내가 좋아하던 머리핀, 예쁜 지우개, 연필. 내가 정말 아끼고 좋아하는 건 모두 잃어버렸어. 이 세상에 내 몫은 애초부터 없는 것처럼."

"……."

"아, 난 왜 처음부터 사람들에게 우리 사이를 솔직하게 말하지 못한 걸까? 그때 우리 사이를 못 박아 두었더라면……."

"그만해. 소용없는 일이야."

"우리 사이를 사람들에게 알렸더라면 좀 달라졌을까?"

"……."

태완은 고개를 가로저으며 깊은 한숨을 내쉬었다.

"그게 모두 내 탓이었을까? 난 정말 저주받은 아이였을까? 내가 이 세상에 태어나지 말았어야 했던 걸까? 엄마는 걸핏하면 나를 두고 도망가겠다고 했어. 그게 얼마나 나를 불안하게 했는지 엄마는 알까? 마당에서 놀다가도 한 번씩 달려가 방문을 열어봐야 마음이 놓였지. 내가 노는 동안 엄마가 도망가 버릴까 봐. 화장실에도 오래 못 앉아있었지. 나도 커서야 알았어. 그게 어린아이에겐 얼마나 슬프고 힘겨운 일이었는지를."

"……."

태완은 눈을 감고 벽에 기댄 채 아무 말이 없었다.

"그렇게 빌고 빌었는데, 내 기도는 들어주시지 않더라. 결국 엄마는 나를 버렸어. 백 밤만 자면 날 다시 데리러 온다고 했는데. 백 밤이 지나고 천 밤이 지나도 떠나간 엄마는 오지 않았어."

"수혜야, 그만해 제발."

나는 계속해서 내 말을 이었다.

"우리 아버지 알지? 성북동 아버지. 내가 얼마나 더러운 핏줄을 타고났는지. 네 어머니 말이 맞아. 난 음탕한 핏줄이지. 그런데도 나는 성북동 아버지를 처음 보았을 때 내가 아버지 딸로 살수 있기를 바랐어. 엄마처럼 불구의 몸도 아니고 희고 잘생긴 얼굴을 가진 아버지가 우리 아버지인 게 그저 좋았어. 그래서 또 빌었지. 성북동 아버지와 함께 살고 싶다고. 동화책에서 튀어나온 것처럼 아름다운 성북동 어머니는 어떻고. 나는 그 어머니가 정말 내 어머니라면 얼마나 좋았을까 싶었다니까. 내가 그런 아이라 벌을 받는 건가 봐. 내가 간절했던 그 사람들은 모두 나를 버리고 떠나갔어. 아무도 나를 지켜주지 않았어."

"그만해."

태완이 고개를 가로저으며 말했지만 나는 말을 멈추지 않았다.

"너를 만나고 나서는 빌지 않았어. 내 기도를 들어주지 않는 신에게 다시는 빌지 않기로 했거든. 어쩌면 신에게조차 너를 비밀로 하고 싶었는지도 몰라. 그래야만 너를 잃어버리지 않을 것 같았어. 모두를 잃었어도 너만큼은 잃고 싶지 않았으니까."

"……."

태완은 눈을 질끈 감아버렸다.

"그런데, 그런데 태완아. 기도할 걸 그랬나 봐. 사람들에게 너는 내 거라고 말할 걸 그랬나봐."

"수혜야, 그만해. 이제 내 마음은 안 변해. 우린 이제 끝났다고. 아니 벌써 오래전에 끝이 난 걸 애써 모른 척 해왔던 거 너도 알고 있었어."

"……."

"난, 너를 보면 우리 엄마가 떠올라. 지긋지긋한 우리 엄마. 내 숨통을 조이는 우리 엄마가. 난 우리 엄마의 독한 눈 속에 숨겨진 슬픔을 알아. 네 눈에서도 똑같은 슬픔이 보여. 난 아마 널 처음 보았을 때 그걸 본 것 같아. 낯설지 않은 느낌, 그 익숙한 슬픔. 우리 엄마와 닮은 슬픔을 어쩌면 나는 그걸 보듬어 주고 싶었나 봐."

"슬픔……."

태완의 입술에서 나온 '슬픔'이라는 두 글자가 푸른 연기처럼 슬프게 내 가슴에 퍼져나갔다.

"그런데 수혜야, 나는 이제 너무 지쳤어. 네 눈의 그 깊은 슬픔을 볼 수가 없어. 미안해. 날 용서하지 마라. 난 이제 널 보면 네 눈 속에 우리 엄마가 보여. 대들보에 흰 끈으로 목을 매어 덜렁덜렁 흔들리고 있던 그 끔찍한 엄마가 떠오른다고."

내 가슴에 가느다랗게 퍼지던 푸른 연기 같던 슬픔이 내 온몸과 머릿속까지 차올랐다.

"수혜야, 제발. 나를 놓아줘. 내 모든 지나간 시간을 훌훌 벗게 해 줘."

태완이 다시 목을 가다듬고 말을 이었다.

"난 할 수만 있다면 내 머릿속에 있는 모든 기억을 깨끗이 지워내고 싶어. 너도 엄마도 다 지워내고 싶어. 그냥 훌쩍 떠나게 해 줘. 나를 제발 잊어줘. 나는 애초부터 너에게 없던 사람이라고 생각해. 나는 너의 과거에도 현재에도 미래에도 없는 사람이야."

나에게서 벗어나고 싶다는 말. 나의 과거에도 현재에도 미래에도 없는 사람이라는 말처럼 슬픈 말이 또 있을까. 그와 함께한 모든 시간이 사라져 버린다는 말은 내 지나간 시간도 송두리째 사라져 버린다는 말과 같았다.

"수혜야. 세아가 나를 좋아한대. 세아에게 그 말을 듣고서야 나도 이미 오래전부터 세아를 좋아하고 있었다는 걸 알았어. 언제부터였을까, 내 마음속에는 네가 아닌 세아가 있었어. 네가 있던 그 자리에 이젠 세아가 있다고. 그늘이라곤 없는 그 애의 미소가 좋아. 햇살처럼 눈 부신 그 애의 미소가 좋아. 그 미소를 보면 햇살 아래 하얗게 빨아 널은 이불 홑청처럼 내 모든 더러운 것들과 지나간 기억도 햇살 아래 하얗게 지워낼 수 있을 것 같아."

나는 어쩌면 이미 오래전부터 그가 하려던 말을 알고 있었던 것 같다. 그래서 그 얘기를 들을 자신이 없었던 모양이다. 무너져 내리는 가슴으로 머릿속에서는 끝도 없는 생각들이 뒤섞이고 있었지만 나는 차마 더는 아무 말도 할 수가 없었다.

어느새 들창 밖에서 푸르스름하게 새벽빛이 비쳤다. 우리 두 사람은 그렇게 벽에 기댄 채 지쳐가고 있었다. 마침내 내가 입을 열었다.

"네가 말했었지. 우리는 처음부터 하나였다고, 태초부터 하나였다고 내가 곧 너고, 네가 곧 나라고. 그런데 어떻게 헤어져. 우리는 하나인데 어떻게 헤어져. 네가 그렇게 말한 거, 설마 잊었어?"

"세아와 함께 내 인생을 새롭게 시작하고 싶어. 나를 옭아매고 있는 지긋지긋한 나의 모든 굴레도. 아버지도, 아버지의 여자도, 엄마도 그리고 너도 다 지워내고 내 인생 새로 시작하고 싶어. 그렇게 하게 해 줘."

"난 운명을 믿어. 우리 두 사람은 운명의 끈으로 묶여 있으니까. 아무리 서로에게서 벗어나려고 해도 우린 서로 멀어질 수가 없어. 너도 알지?"

우린 서로에게 상관없는 자기 말만 계속했다.

"수혜야, 나, 세아랑 결혼한다."

"……."

"다음 주 토요일이야."

내가 미처 뭐라 하기도 전에 태완은 몸을 일으켰다. 들창 밖은 어느새 훤하게 밝아있었다. 태완을 따라 몸을 일으키려 했지만 같은 자세로 앉아 밤을 꼬박 새워버린 터라 다리가 굳어 있는 데다, 온몸에 기운이 빠져서 꼼짝도 할 수 없었다.

그저 벽에 그대로 기대어 앉은 채 방 가운데 놓인 밥상을 멍하니 바라보고 있었다. '고등어구이가 뻣뻣해졌네. 태완은 갓 구운 고등어 정말 좋아하는데. 어쩌나 맑은 소고기뭇국도 차갑게 식어버렸네.' 태완은 글씨가 깔끔하게 찍힌 하얀 봉투를 말없이 내려놓고는 방문을 열었다. 몸을 구부려 신발을 신고 부엌을 나서 쪽문을 소리 나게 탁 닫았다. 나는 가만히 벽에 기대어 앉은 채 들창문을 통해 나를 떠난 남자가 마당을 지나고 대문을 나서서 잠시 머뭇거리다 그대로 총총히 골목을 빠져나가 멀어져가는 발소리를 들으며, 그가 놓고 간 '청첩장'을 말없이 내려다보고 있었다.

나는 그렇게 고요하게 이별의 순간을 보냈다.

"어떻게 그렇게 고요할 수가 있어? 너같이 어떤 상황에서도 고요한 사람을 본 적이 없어."

언젠가 그가 말했다. 내가 고요해 보였다면 그가 나를 그런 눈으로 보았기 때문이었을 것이다. 나는 언제나 요동쳤고 흔들렸고 불안했다. 언제나 간절하게 갈망하다가 곧 절망했다. 그러다가 버려졌고, 상처 입고, 잊혔다. 단 한 번도 내가 고요하고 평온했던 적은 없었다. 내가 고요해 보였다면 그가 나를 그렇게 규정했기 때문이다. 그는 내가 얼마나 위태롭게 흔들리고 있는지 보지 않았다.

이별, 그리고 만남

나무숲 사이로 언뜻 상아색 주름치마 자락이 보였다. '엄마?' 치맛자락이 보인 그쪽을 향해 달려갔지만, 엄마는 보이지 않았다. 금세 울음이 터질 것 같아서 입술을 삐죽이며 정신없이 나무 사이를 둘러보지만, 어디에도 엄마의 모습은 보이지 않았다.

"엄마! 엄마!"

나는 어느새 울음이 터졌다. 내 울음소리에 묻혀 엄마를 부르는 소리가 들리지 않았다.

"수애야."

설핏 엄마의 목소리가 들리는 듯했다. 그렇지, 내 이름이 원래는 수애였지.

"엄마? 엄마, 어디 있어?"

빽빽한 나무숲 사이를 헤매며 점점 더 깊은 숲속으로 들어갔다. 울창한 숲을 지나자 갑자기 눈앞에 넓은 푸른 들판이 펼쳐졌다. 들판 너머 저쪽에서 젊고 아름다운 엄마가 상아색 치마의 물결치는 주름을 흔들며 건강한 두 다리로 사슴같이 뛰고 있었다.

"아아, 엄마……."

나는 달려가서 곧 엄마에게 안겼다. 젊고 아름다우며 건강한 두 다리를 가진 엄마는 나를 번쩍 안아 올리며 빙그르르 돌았다. 엄마는 내 손을 잡고 들판을 달리다가 커다란 연꽃이 아름답게 피어있는 연못가에 다다랐다.

"엄마, 엄마, 보고 싶었어. 왜 이제야 나타난 거야."

여섯 살 꼬마인 나는 엄마를 올려다보며 말했다. 가만히 나를 내려다보던 아름다운 엄마의 얼굴이 점점 일그러지더니 무서운 표정으로 변했다.

"엄마……."

겁에 질린 내가 울먹였지만, 엄마는 점점 더 사나운 표정으로 변했다. 사나운 표정의 엄마는 나를 두 팔로 옭아매고, 깊은 연못 속으로 끌고 들어갔다. 연못의 부드러운 흙바닥이 헤어 나올 수 없는 수렁이 되어 나를 점점 깊은 곳으로 빠져들게 했다.

"아아, 엄마, 엄마. 날 좀, 날 좀 내보내 줘."

엄마는 얼굴을 무섭게 찡그리며 두 팔과 두 다리로 내 몸을 칭

칭 감고 놓아주지 않았다. 그때 엄마의 한쪽으로 툭 뛰어나온 뒤틀린 엉덩이가 보였다. 그렇지, 엄마는 엉덩이가 뒤틀리고 심하게 다리를 절었지.

"엄마, 숨이 막혀, 나 좀 풀어줘."

나를 감고 있는 엄마의 두 다리는 어느새 커다란 두 마리의 이무기가 되어 나를 더욱 칭칭 감고 있었다. 가까스로 고개를 빼 들고 엄마의 얼굴을 보았더니 엄마의 얼굴이 있던 자리에 아가리를 쫙 벌린 이무기가 보였다.

"아악!"

소리를 치고 싶었지만 목소리가 나오지 않았다. '아, 아악! 나를, 나를 좀 구해줘요. 누가 나를 좀 구해줘요.' 나는 점점 더 깊은 수렁에 빠져들면서 손을 뻗었다. 그때 누군가 내 손을 잡았다. 누굴까? 나는 이미 깊은 수렁 속 개흙에 온몸이 빠져버려서 아무것도 보이지 않고 아무 소리도 들을 수가 없었다. 칠흑같이 어둡고 끈적끈적한 깊은 수렁 속에서 밤도 없고 낮도 없는 긴 시간을 보내다가 내 몸뚱이는 깊은 수렁 속으로 완전히 사라져버렸다.

"정신 차려요, 눈 좀 떠봐요."

멀리서 누군가가 나를 부르는 것 같았지만 눈을 뜰 수가 없었다. 아주 먼 우주 밖에서 들리는 듯 그들의 말소리가 가느다랗게 들려왔다.

"병원에 연락했어요?"

"예, 곧 구급차가 올 거예요."

"괜찮은 거 같아요?"

"아유, 웬일이래."

"탈진한 모양이에요."

"밥을 해 먹은 흔적이 없네요. 쭉 굶었나 봐요."

"설마, 나쁜 마음을 먹었던 건······ 에이, 아니겠죠?"

"모르죠. 들락거리던, 그······ 남자 친구인가? 그 사람도 요즘
엔 통 안 보이고."

사람들 웅성거리는 소리가 들렸다. 어디서 나타난 사람들일
까. 그들은 겹겹이 나를 둘러싸고 있었지만 나는 점점 더 알 수
없는 깊은 나락으로 빠져들고 있었다. 여긴 어딜까. 이 사람들은
누굴까? 나는 이제 손끝 하나 움직일 힘이 없이 점점 더 깊은 잠
에 빠져들었다. 죽음처럼 깊은 잠속으로.

꿈을 꾸었다. 육신은 풍화되어 스러져버리고 육신을 벗어난
영혼만 한 줄기 연기처럼 깊은 나무숲 사이를 감돌아 먼 우주로
떠올랐다. 끝도 없는 우주 공간을 헤매다가 또 거친 모래바람을
거슬러 막막한 죽음의 사막을 건넜다. 아무것도 기억할 수 없고,
아무것도 기억할 게 없는, 억겁의 시간이 흘렀다.

"수혜 씨. 박수혜 씨!"

한 줄기 빛도 없고 공기 한 방울 존재하지 않는 죽음 같은 시간 속 먼 데서 한 줄기 빛이 스며들었다. 그 빛 너머에서 누군가가 나를 불렀다. 빛살에 눈이 부셔서 누군지 알아볼 수가 없었다. 누굴까. 나를 이렇게 불러주는 이가 누굴까. 이 목소리……. 귀에 설지 않는 이 목소리. 누굴까. 태완일까? 그가 돌아온 걸까. 온 힘을 다해 우주 밖 아득한 그곳에서 연기로 흩어졌던 내 영혼의 기운을 모아 귀를 기울였다.

누군가가 나를 정성껏 씻기고 있었다. 따뜻한 물수건으로 이마와 뺨을 부드럽게 닦아주고 바짝 마른 내 입술을 촉촉하게 적셔주었다. 이마에 흐트러진 머리칼을 부드럽게 정리해 주고 손등을, 손바닥을, 손가락 하나하나를 정성껏 닦아 주더니, 자기의 두 손안에 내 손을 쥐고 꼭 잡아 주었다. 누굴까. 익숙하진 않지만 부드러운 그 손길은 누구의 것일까. 무겁게 내려앉은 눈꺼풀을 들어 올릴 기운이 없었다.

얼마쯤 자고 난 것일까, 마치 세상에 태어나 처음으로 눈을 뜬 사람처럼 힘겹게 눈을 떴으나 아무것도 보이지 않았다. 서서히 눈동자를 덮고 있던 두꺼운 안개가 걷히고 나자 뭔가가 보였다. 몇 번 더 눈을 깜빡이고 나니 그제야 낯설고 하얀 천장이 눈에 들어왔다. 여기가 어딜까. 내가 어디에 있는 것일까.

"정신이 들어요, 수혜 씨?"

백지 같은 하얀 천장에 홍 대리의 얼굴이 나타났다.

'홍 대리님?' 입술을 달싹거려 보지만 목소리는 나오지 않았다.

"휴우, 수혜 씨, 이제 정신이 들었네요."

안심한 듯 홍 대리의 얼굴에 미소가 올랐다. 고개를 돌릴 힘이 없어 눈동자만으로 사방을 살폈다. 도대체 여기가 어딜까.

"안심하세요, 수혜 씨. 여긴 병원이에요."

홍 대리가 내 이마의 머리칼을 쓸어주며 말했다.

"수혜 씨가 쓰러졌어요. 아마 몇 날 며칠을 물 한 모금 안 넘기고 있었던가 봐요."

내가 여전히 어리둥절해 있자, 홍 대리가 안쓰러운 표정으로 말했다.

'내가 정신을 잃었구나. 차라리, 차라리…… 그대로 죽었더라면 좋았을 텐데.' 나는 다시 비참한 마음이 들어서 눈을 질끈 감아버렸다.

그날, 태완이 나를 떠났던 날 이후 며칠의 기억이 없었다. 아주 오래된 일처럼 생각이 나지 않았다. 지금 다시 되짚어보아도 아무것도 기억이 나질 않았다. 나는 그때 밥은 먹었는지 잠은 잤는지 알 수가 없었다. 문득 뭔가 머리에 스치는 게 있어 달력을 들여다보았고, 그날이 그의 결혼식 날이라는 걸 깨달았던 것이 그가 나를 떠난 이후의 첫 기억이었다. 결혼식 날이라는 걸 알고도 내 마음은 의외로 담담했다. 내가 사랑하던 두 사람의 결혼을 축하라도 하고 싶었던 것일까. 무슨 마음으로 그 결혼식에 가려고 했던 것일까. 나는 결혼식 시간이 임박하여 갑자기 마음이 바빠져서 방 한쪽에 서 있던 비닐 옷장의 지퍼를 내리고 내가 가진 옷 중에서 가장 깨끗하고 예쁜 옷을 골랐다. 무슨 정신으로 옷을 차려입고 화장을 했던지. 방을 나서려는데 갑자기 진땀이 나며 정신이 아득해져서 서 있을 기운이 없었다. 눈앞이 캄캄해지며 현기증이 나서 벽에 기대앉아 눈을 감고 쉬면서 정신을 추스르려고 애를 썼다. 그러나 정신을 차려 일어나려는 내 노력과는 반대로 점점 기운이 빠져서 나중에는 온몸에 기운이 하나도 없었다. 사방이 어두워지고 불을 켜지 않은 방에서 꼼짝도 할 수가 없었다. 그대로 앉아서 창문이 깜깜해졌다가 밝아지는 걸 멍한 눈으로 바라보고 있었다. 까무룩 잠이 들었다가 정신이 들었다가 다시 까무룩 잠이 들기를 반복했다. 그러고는 다시 죽음처럼 깊은 잠에 빠졌다.

"수혜 씨가 그동안 몹시 지쳐 있었나 봐요. 아주 오랫동안 잠만 잤어요."

내가 눈을 뜨자 홍 대리가 말했다. 내가 뭐라고 말을 해 보려고 입술을 옴짝거리자 홍 대리가 내 입술에 그의 귀를 가까이 대었다.

"홍, 홍 대리님은…… 어, 어떻게."

내 입술에서 마르고 갈라진 목소리가 바람에 섞여 나왔다.

"아아. 아마 방에 인기척이 없어서 주인아주머니가 들여다보셨나 봐요. 주인아주머니가 수혜 씨가 쓰러져 있는 걸 발견하고 구급차를 불러주셨대요. 큰일 날 뻔했어요."

"……."

내가 고개를 끄덕였다.

"수혜 씨가 그럴 사람이 아닌데 며칠째 무단결근을 해서 집으로 찾아갔다가 병원에 실려 간 걸 알았지요. 사람이 왜 그렇게 둔해요."

홍 대리가 의자를 끌어당겨 내 곁에 바짝 다가앉으며 그간의 사정을 친절하게 알려주었다. 조근조근한 목소리로 내게 말을 거는 그의 얼굴을 가만히 올려다보았다. '아, 이 사람이 이렇게 생겼었구나. 맑은 눈, 부드러운 미소, 이 사람, 정말 따뜻한 사람이구나.' 왈칵 눈물이 솟았다. 뜨거운 눈물은 뺨을 타고 옆으로 흘러 귀 볼을 타고 목 뒤까지 흘러내렸다.

"수혜 씨, 울지 마요. 기운 빠져요. 지금은 아무 생각 말고 그냥 푹 쉬기만 하세요. 수혜 씨는 지금 몸도 마음도 많이 지쳐 있

어요. 당분간은 그냥 아이처럼 먹고 자기만 해요. 내가 잘 돌봐
줄 테니까."

홍 대리가 귓가와 목덜미에 흐른 눈물을 닦아주며 다정하게
말했다. 아이라는 말에 나는 옅은 미소를 지었다.

"어어, 울다가 웃으면 정말 큰일 난다고 했잖아요."

홍 대리의 장난에도 나의 눈물은 끝도 없이 흘러내렸다. 마치
내 눈 속에 깊은 슬픔의 샘이라도 있는 듯 눈물은 쉬지 않고 흘러
내렸다. 나도 어쩔 수 없었지만, 홍 대리도 그런 나를 말리지 않
았다. 가만히 귀 뒤며 목덜미에 흐른 눈물을 닦아주고 젖은 베갯
잇 위에 손수건을 얹어주기만 했다.

"이제 다 울었어요? 앞으로 한 십 년쯤은 안 울어도 되겠어요.
십 년 치 눈물을 쏟은 것 같아요."

마침내 내가 깊은 한숨과 함께 눈물을 멈추었을 때 홍 대리가
빙그레 웃으며 말했다.

홍 대리 말대로 수십 년 치 눈물을 흘려보냈는지 가슴이 후련
해졌다.

"음, 수혜 씨 속에 있는 슬픔이 이번에 이 눈물과 함께 다 쏟아
져 나온 거라면 좋겠네요. 앞으로는 수혜 씨 인생에 웃을 일만 있
게."

홍 대리가 내 눈을 가만히 들여다보며 진지하게 말했다.

"수혜 씨, 전에 내가 말했죠. 전 항상 수혜 씨 곁에 있어요. 어디 안 가요. 언제든지 수혜 씨가 필요할 때 손만 내밀면 돼요. 거기에 내가 있어요."

"아니, 안 돼요."

나는 고개를 저었다. 내 마음에 다른 사람이 들어올 자리가 또 있을까, 의문이기도 했지만, 그보다는 그처럼 좋은 사람의 마음을 받아줄 자격이 내게 없었다.

"내가 수혜 씨 마음에 모자라겠지만, 내가 잘할게요. 나를 받아주세요."

"아니, 전…… 전, 홍 대리님이 생각하는 그런 사람이 아니에요. 저는 자격이 없어요."

"사람이 사람을 좋아하는데, 자격이 왜 필요해요. 전부터 수혜 씨에게 다른 사람 있다는 거 알고 있었어요. 그런데도 자꾸 마음이 수혜 씨 쪽으로만 갔어요."

"……."

나는 아무 말도 할 수가 없었다.

"수혜 씨가 어떤 사람이라서 좋아하는 게 아니라, 그냥 수혜 씨라서 좋아해요. 수혜 씨가 어떤 사람이라도 상관없어요."

홍 대리의 눈빛이 뜨거웠다.

"홍 대리님. 전 아직……."

"기다릴게요. 수혜 씨가 마음의 준비가 될 때까지 기다릴게요. 서둘지 않아도 돼요. 전 항상 여기 이렇게 같은 자리에 있을 거예요. 언제까지든 기다릴게요."

"홍 대리님을 어쩌면 좋을까요."

"수혜 씨는 가슴 한쪽에 구멍이 뚫린 것 같았어요. 바람이 불면 수혜 씨의 그 자리가 시리고 아플 것 같아서 늘 마음이 쓰였어요. 그 빈자리 내가 채워주면 안 될까요? 내가 채워주고 싶어요."

내가 어떻게 이런 사람의 사랑을 받아줄 수가 있을까. 병실 유리창 밖에는 밤이 깊어가고 있었다.

언제 다시 잠이 들었던 것일까. 부스스 눈을 떠 보니 홍 대리가 보이지 않았다. 갑자기 어미 닭을 잃어버린 병아리 같은 심정이 되어 나도 모르게 두리번거리며 홍 대리를 찾고 있었다. 몸을 조금 일으켜 보니 홍 대리는 병상 아래쪽 보호자 침대에 몸을 웅크리고 모로 누워서 쪽잠을 자고 있었다. 잠든 홍 대리의 얼굴을 가만히 내려다보니 또다시 뜨거운 눈물이 솟아 나왔다. 이렇게 따뜻한 사람의 마음을 내가 감히 어떻게 받아들일 수가 있을까……. 나에게 그럴 자격이 있을까.

다음 날 아침 오전 담당 의사의 회진에 눈을 떴다. 홍 대리는 출근을 했는지 보이지 않았다.

"기운을 차리셔서 다행입니다. 극도로 피로한 상태였어요. 탈수도 심했고."

의사가 내 몸에 연결된 모니터와 차트를 들여다보면서 말했다. 곁에 선 젊은 수련의들도 담당 의사에게 전달받은 차트에 뭔가를 받아 적으며 고개를 끄덕였다.

"제가 남편분에게도 말씀을 드렸지만 임신 초기에는 조심해야 해요."

"⋯⋯."

의사가 링거를 통해 방울방울 들어가는 수액을 조절하면서 말했다.

내가 눈을 동그랗게 뜨며 놀라자 의사가 말을 이었다.

"아, 아직 모르셨군요. 이런 무심한 엄마를 봤나. 엄마가 이렇게 몸을 혹사해서는 건강한 아기를 낳을 수가 없어요. 지금은 절대안정이 필요한 시기입니다. 무슨 일을 하시는지 모르겠지만 절대 무리하시면 안 되니 일을 좀 줄이세요. 식사 거르지 마시고 잘 챙겨 드셔야 합니다. 또 탈진하시면 안 됩니다. 어지간하면 퇴원하시라 하겠는데 지금은 심신이 극도로 약해진 상태라, 태아를 위해서도 이삼일 더 병원에 계시면서 영양제도 맞고 좀 쉬시는 게 좋겠어요."

담당 의사가 친절하게 말했지만, 아무것도 귀에 들어오지 않았다.

"……."

"자, 오늘도 잘 쉬시고 이따 저녁 회진 때 다시 봅시다."

의사가 기분 좋은 웃음을 웃으며 병실을 나갔다. 잠시 후 홍 대리가 병실로 돌아왔다. 의사가 말한 남편은 분명 홍 대리를 두고 말하는 것이며, 홍 대리는 이미 의사에게 내가 임신 중이라는 걸 들었을 터였다. 그걸 알고 있으면서 어떻게 나에게 구애를 한 것일까. 정말 알 수 없는 사람이었다.

"수혜 씨 잘 잤어요? 와, 미인은 잠꾸러기라더니 그 말이 딱 맞네요. 푹 자고 나니 얼굴빛이 훨씬 좋아졌어요. 아까 새벽에 보니까 정말 아기처럼 쌔근쌔근 예쁘게 자고 있던걸요?"

홍 대리가 귀엽다는 듯이 미소 지으며 말했다.

"안 계셔서 출근하신 줄 알았어요."

"저, 일주일 휴가 냈어요. 수혜 씨 돌보려고요."

홍 대리가 주섬주섬 손에 들고 온 것들을 풀어내며 말했다.

"그건 뭐예요?"

내가 말문이 막혀 가만히 홍 대리를 바라보다가 물었다.

"음, 설렁탕 잘한다고 소문난 집에 가서 설렁탕 좀 사 왔어요. 국물 조금 떠먹어 봐요."

"홍 대리님."

"네, 수혜 씨."

홍 대리가 침대 손잡이를 돌려 내가 앉을 수 있게 한 다음 테이블을 끌어당겨 가까이에 놓아주고는 내 손에 숟가락을 쥐여주며 말했다.

"조금 전에 의사 선생님 다녀가셨어요."

내가 고개를 숙이며 말했다.

"네에. 담당 의사가 좋은 분 같더군요. 수혜 씨에게 지금 가장 필요한 건 안정이라고 몇 번이나 말하더군요."

홍 대리는 아무렇지도 않은 듯이 설렁탕에 따로 담아온 파를 넣고 소금으로 간을 맞춰주며 말했다.

'홍 대리님도 들으셨잖아요. 저는 다른 남자의 아기를 임신한 여자라고요.' 나는 차마 입을 열지 못하고 속으로 말을 삼켰다.

"자, 수혜 씨 어서 드셔 보세요. 맛있을 거예요. 수혜 씨는 지금 잘 먹고 잘 쉬어야 해요."

설렁탕을 넘기는 목구멍에 뜨거운 덩어리가 함께 내려갔다.

나는 병원에 사흘을 더 머물렀고 그 사흘 내내 홍 대리가 내 곁에 있었다. 낮에는 온갖 시중을 들어주었으며, 저녁이 되면 책을 읽어주고 옛날 이야기하듯 재미난 얘기를 들려주기도 했다. 밤이 되면 병상 밑에 넣어두었던 보호자 침대를 끌어내 쪽잠을 잤다. 잠을 자면서도 손을 뻗어 내 손을 꼭 쥔 채 잠이 들었다.

나를 아기 다루듯 하는 홍 대리가 처음에는 멋쩍고 어색했지만,
점차 그에게 의지하게 되었다. 몸이 회복되어 기운을 차리는 것
과 반대로 나도 모르게 어느새 홍 대리의 응석받이가 되어있었
다. 홍 대리와 병실에서 꿈같은 사흘을 보내고 퇴원할 때가 되자
오히려 섭섭한 마음이 들 정도였다.

홍 대리의 부축을 받으며 돌아오는 길, 한낮의 햇살 아래에 보
도블록이 울퉁불퉁한 자췻집 골목이며 골목 끝 낡은 대문이 낯설
었다. 벌써 삼 년이 지나고 사 년째 사는 집이었는데도 아주 오랜
만에 찾아온 옛집인 양 감회가 새로웠다. 대문간을 넘어 마당으
로 들어서자 한 집에 세 들어 사는 자취생들이 다가와 한마디씩
했다.
"아유, 아프시더니 매우 핼쑥해지셨네."
"이젠 좀 괜찮아지셨어요?"
"그날 정말 놀랐어요."
"미안해요, 한집에 살아도 옆방 사람이 죽는지 사는지도 몰랐
어요."
모두 낯은 익은데 말을 섞어 본 적이 없는 사람들이었다. 한
번도 주위를 돌아보며 살지 못했다. 옆방에 누가 사는지 건넛방
에는 누가 사는지 관심을 가져 본 적이 없었다. 그동안 나는 무슨

생각으로 살았던 걸까. 내 곁에 몰려들어서 한 마디씩 건네는 사람들에게 가볍게 눈인사를 하며 내 자취방으로 향했다. 홍 대리는 눈이 마주치는 모든 사람에게 특유의 따뜻한 미소로 눈인사를 나누고 있었다.

부엌 쪽문 틈에 우편물이 끼워져 있었다. 아마 내가 병원에 입원 중이라 누군가 내 부엌 문틈에 끼워둔 모양이었다. 우편물의 봉투에 적힌 손 글씨가 낯익었다. 주소는 낯선 외국의 주소였는데 보낸 사람은 현세아로 적혀 있었다.

보낸 사람은 현세아 받는 사람은 박수혜. 마른침이 꼴깍 넘어갔다. 홍 대리도 힐긋 우편물에 적힌 글씨들을 보았을 텐데 그것에 대해 아무 말도 하지 않았다. 우편물을 손에 들고 가만히 그것을 내려다보고 있던 나를 홍 대리가 부축해서 방으로 데려가 주었다. 홍 대리가 그렇게 하지 않았다면 나는 우편물을 든 채 쪽문 앞에서 망부석이 될 뻔했다. 홍 대리는 방으로 들어가 아랫목에 이부자리를 펼치더니 나를 마치 갓난아기 누이듯 조심스럽게 눕혀 주었다. 나는 가만히 벽 쪽으로 돌아누워 아무 말 없이 홍 대리가 병원에서 가져온 내 옷가지들과 소지품들을 정리하는 소리를 듣고 있었다. 정리를 마친 홍 대리가 손바닥을 '탁탁' 치며 말했다.

"자, 이제 뭘 좀 먹어야죠."

"……."

나는 가만히 고개를 저었다.

"입맛 없어도 먹어야 해요."

홍 대리가 내 등 뒤에서 말했다.

"생각이 없어요. 속도 메슥거리고."

나는 벽을 향해 누운 채 말했다.

"그래도 먹어야 하는 거 수혜 씨도 잘 알잖아요."

홍 대리의 말에 나는 걸리는 것이 있어 움찔하였다.

"음식이 부담스러우면 뜨끈한 가락국수 국물은 어때요? 국물 좀 마시면 속이 좀 가라앉을 것 같은데."

"가락국수 국물……. 그거라면 조금 먹어 볼게요."

오래전 김천 금송리에서 성북동으로 가던 길에 차멀미로 속이 거북했을 때 금강 휴게소에서 아버지가 사 준 가락국수 국물이 생각났다.

"그래요. 내가 금방 사 올게요."

홍 대리는 말을 끝내기가 무섭게 가락국수 국물을 사러 밖으로 나갔다. 골목길을 뛰듯이 걸어 나가는 홍 대리의 발소리를 확인한 뒤에야 이불 속에서 세아로부터 온 우편물을 가만히 꺼내 들었다. 몸을 일으켜 앉아서 조심스레 봉투를 뜯었다. 이국의 풍경이 담긴 카드를 열자 그 속에서 사진 한 장이 툭 떨어졌다. 방

바닥에 뒤집힌 사진을 들어보니 세아와 태완의 결혼사진이었다. 밝게 웃는 세아는 태완의 팔에 바짝 팔짱을 끼고 있었고, 태완은 무표정한 얼굴로 카메라 너머 어딘가를 바라보고 있었다. 태완은 누구를 찾고 있었던 것일까. 카메라 너머 하객들 사이에 섞여 있을지도 모를 내 모습을 찾고 있었을까. 카드에는 세아의 앙증맞은 손 글씨가 또박또박 적혀 있었다. 결혼식에 내가 오지 않아서 섭섭했다는 말과 신혼여행으로 유럽에 와 있으며 여행을 마치고 독일에 준비된 신혼집으로 들어갈 계획이며 정리가 되는 대로 연락할 테니 여행 삼아 한 번 다녀가라는 말이 적혀 있었다. 태완이 독일에서 공부하고 싶어 하는 걸 안 세아 아버지의 배려였다고 했다.

'그랬구나. 태완이 독일에서 공부하고 싶어 하는 걸 나는 왜 몰랐을까.' 가슴이 먹먹해지면서 세아가 말하는 태완이 내가 알고 있던 태완과 같은 사람인지 혼란스러웠다.

"수혜 씨, 국물 사 왔어요. 자 식기 전에 좀 마셔요."

아직 내 손에 세아가 보내온 카드와 결혼사진이 들려있는데 홍 대리가 국물을 사 왔다. 홍 대리의 눈에도 결혼식 사진과 우편물이 보였을 텐데 홍 대리는 아무것도 묻지 않았다. 그저 석유풍로에 불을 붙여 한 번 더 뜨겁게 데운 가락국수 국물을 입으로 '후후' 불어 나에게 한 숟갈씩 떠 먹여주는 일에 집중했다. 홍 대리가 정성스럽게 불어주었는데도 국물이 워낙 뜨거워서 혀를 데고 말았다.

"앗 뜨거워."

숟가락을 밀어내는데 후득 눈물이 떨어졌다.

"미안해요, 국물이 너무 뜨거웠나 보네."

잠시 숟가락을 든 채 가만히 있던 홍 대리가 숟가락을 내려놓고 국물 냄비가 얹힌 쟁반을 한쪽으로 밀어 놓더니 가만히 내 어깨를 감싸 안아주었다. 처음에는 조심스럽게 어깨만 감싸주더니 내 흐느낌에 어깨가 점점 더 흔들리자 내 머리를 자기 가슴에 묻고 힘껏 안아주었다. 내 어깨가 흔들릴수록 홍 대리는 나를 끌어안은 팔에 힘을 더욱 주었다. 나는 마치 어미 새의 품에 안긴 아기 새처럼 그의 품에 얼굴을 묻고 오래 울 수 있었다.

살아야 할 이유

홍 대리는 아침저녁으로 자췻집에 들러서 나를 돌봐주며 그
때그때 생각나는 음식들을 사다 주었다. 나는 회복되었고 다시
예전처럼 건강해졌다. 내가 사랑받고 있다는 것과 행복이 어떤
것인지 몸으로 느끼고 있었다. 두 사람 중 아무도 뱃속의 아기
에 대해 말하지 않았지만 두 사람 모두 뱃속의 아기를 소중히 여
겼다.

"수혜 씨?"

저녁을 먹은 후 산책 겸 천천히 동네를 한 바퀴 돌며 홍 대리
가 불렀다.

"네, 홍 대리님."

"음, 내 이름은 대리가 아니고 정섭이에요. 이제부터는 제 이

름을 불러주세요."

"아, 정, 정섭 씨…… 아직 조금 어색한걸요."

"자, 한 번 불러 봐요. 자꾸 불러봐야 익숙해지죠."

정섭이 장난스럽게 고집을 부렸다.

"알았어요. 정섭 씨. 듣기 좋은 이름이에요."

정섭도 환하게 웃었다.

"주말에 우리 어머니 뵈러 가요."

정섭이 걸음을 멈추고 내 얼굴을 내려다보며 말했다.

"……."

나는 차마 정섭의 얼굴을 바로 보지 못했다.

"어머니께 인사드리고, 이곳을 떠나요. 수혜 씨가 이곳에서 편하지 않은 거 알아요. 전에 말했던 대로 저는 미국으로 가서 공부를 더 하려고 해요. 수혜 씨도 함께 가요. 미국에서 함께 공부해요. 우리 아무도 모르는 먼 곳에 가서 아기 낳고 행복하게 살아요."

"정섭 씨, 전 아직 모든 것이 두려워요. 정섭 씨가 후회하게 될까 봐 두려워요. 정섭 씨마저 잃게 될까 봐 저는 그게 너무 두려워요."

내 목소리가 떨려 나왔다.

"두려워 말아요. 모든 것이 다 잘 될 거예요. 절대로 후회하지 않아요. 걱정하지 말아요."

정섭이 떨고 있는 내 어깨를 따뜻하게 감싸 안아주었다

국내선 항공기를 타고 여수 공항에 내렸다. 마치 기차 역사처럼 작고 아담한 공항을 빠져나와 택시를 타고 순천 시내를 지나 낙안 읍성의 오밀조밀한 주택가로 들어갔다. 좁다란 골목들이 보이고 골목 양쪽으로 고만고만한 집들이 늘어서 있었다. 집집이 담장밖에 작은 화단이 있어 화단에 피어난 금잔화와 제라늄이 경쟁이라도 하듯 노랗고 빨간 꽃잎을 피워냈다. 택시에서 내린 정섭이 지폐를 꺼내 기사에게 택시비를 건네자, 기사가 자동차 트렁크에서 여행 가방을 내려주었다. 택시가 떠난 후에도 여전히 머쓱하게 서 있는 내 손을 잡아 이끌며 대문 앞으로 안내했다. 아담하고 예쁜 푸른 대문 집이었다. 대문 위에 얹은 슬레이트 지붕 위로 붉은 덩굴장미가 탐스럽게 피어있었다. 대문에 달린 작은 문은 잠겨있지 않아서 정섭이 손으로 밀자 그대로 열렸다. 반듯하고 아담한 마당에는 잔디가 깔려있었다. 담벼락을 따라 분꽃이 가득 피어있었다. 한쪽에 옥상으로 오르는 계단이 있었고, 옥상으로 가는 층계참에는 앙증맞은 장독대가 있어 장독들이 햇빛에 반짝이고 있었다. 나팔꽃 넝쿨이 옥상으로 오르는 계단 난간을 휘돌아 감고 있었다.

"어머니!"

정섭이 나지막하게 앉은 마루를 둘러싼 유리문을 스스럼없이 열고 여행 가방을 마루 위에 툭 내려놓으며 호기로운 목소리로 어머니를 불렀다. 집 안에 사람이 없는 모양으로 아무런 기척이 없었다. 그가 부르는 '어머니' 소리에 나도 모르게 손으로 블라우스 자락을 내려 봉긋한 아랫배를 감추었다.

"어? 안 계시나?"

정섭이 의아한 표정으로 마당을 한 번 둘러보더니 내 손을 잡고 뒤꼍 쪽으로 이끌었다. 집을 삥 돌아 뒤꼍으로 가니 그곳에 텃밭이 있고 몸집이 작은 여인이 소쿠리를 옆구리에 끼고 몸을 구부려 상추와 풋고추를 따고 있는 것이 보였다.

"어머니!"

정섭이 다시 한번 부르며 밭에 있는 여인에게 성큼성큼 걸어 갔다. 텃밭 울타리 안에서 고추를 따느라 여념이 없던 여인이 허리를 펴 정섭을 확인하더니 환하게 웃으며 정섭의 등에 팔을 감았다. 정섭도 허리를 구부려 그녀를 마주 안았다. 멀찍이 서서 그들의 모습을 지켜보던 나의 기척을 눈치챈 여인이 내 쪽으로 고개를 돌렸다. 얼른 고개를 깊이 숙여 인사를 드리고는 텃밭 가까이 발을 옮겼다. 여인도 울타리 밖으로 나와 머리에 쓰고 있던 수건을 벗어내 탁탁 털더니 내 쪽으로 다가왔다. 내 손은 자꾸만 블라우스 자락을 끌어내려 아랫배를 감추고 있었다.

"일행이 있는 걸 몰랐네요."

밭에서 나온 여인이 나와 마주 서서 가만히 내 얼굴을 들여다
보더니 부드러운 미소로 말했다. 여인이 두고 온 다른 소쿠리를
챙겨 뒤쫓아 온 정섭이 오이며 호박이며 가지가 든 소쿠리를 내
려놓더니 내 곁에 서서 어깨를 감싸 주었다. 정섭은 마치 자신이
내 편임을 일부러 보여주고 있는 것 같았다. 여인의 얼굴에 살풋
긴장감이 스쳤다.

"어머니, 제가 말씀드렸죠? 수혜 씨예요. 수혜 씨, 인사드려
요. 어머니예요."

정섭이 우리 두 사람을 서로 인사시켰다.

"반가워요."

"안녕하세요?"

"오느라 힘들었나 봐요. 안색이 조금 안 좋네."

"아, 아니에요."

"……."

여인은 잠시 내 얼굴을 물끄러미 바라보더니 다시 아무렇지도
않은 목소리로 정섭을 향해 말했다.

"일행이 있다고 미리 얘길 했으면, 장을 좀 봐 올 것인데 그랬
다. 네가 올 시간이 된 것 같아서 부지런히 상추 뜯던 중이다. 고

기 구워서 쌈 싸 먹으려고. 다른 반찬은 없어도 가지랑 오이랑 호박도 방금 땄으니 맛있을 게다. 천천히 저녁 준비할 테니 우선 들어가서 옷부터 편하게 갈아입거라. 손님도 좀 쉬어야 할 것 같고…….”

“저도 도울게요, 어머니.”

“아니요, 도울 게 뭐 있다고. 손님인데 좀 쉬고 있어요.”

여인은 부드럽지만 단호한 말투로 대답하고는 채소가 담긴 소쿠리를 옆구리에 끼고 앞장서서 앞마당 쪽으로 걸어갔다. 정섭은 내 어깨를 감싼 채 다정한 미소를 지으며 여인의 뒤를 따랐다.

“이 방에 들어가서 잠시 쉬고 있어요. 다 준비되면 부를 테니.”

여인이 거실 안쪽의 방문을 가리키며 말했다.

“아, 아니에요. 저도 도울게요.”

“낯빛이…… 아주 안 좋아요. 내가 의사는 아니라도 그 정도는 알아요.”

여인은 손으로 내 앞을 막으며 웃음기 없는 표정으로 진지하게 말했다.

“정섭아, 네가 내 방으로 안내해 드려라.”

여인은 내 등을 떠밀며 정섭을 향해 말했다.

“그래요. 정말 얼굴에 핏기가 없네. 잠시 쉬는 게 낫겠어. 여기 어머니 방에서 좀 쉬어요. 자, 들어갑시다!”

어느새 편한 옷으로 갈아입은 정섭이 내 팔을 끌어당겼다. 방은 크지 않았지만, 창이 넓어서 방안에 햇살이 가득했다. 밝고 환해서 실제보다 한결 넓어 보이는 방이 정갈하게 정돈되어 있었으며, 한쪽 벽에는 작은 그림 액자 두 개가 나란히 걸려 있었다. 연보라 꽃무늬가 잔잔하게 수놓아진 얄팍한 이불이 덮인 침대가 창 밑으로 얌전히 붙어있었고, 마주한 벽 쪽에는 작고 앙증맞은 책상이 있었다. 책상 위에는 공책 하나와 만년필이 반듯하게 놓여 있었다. 내가 방 안을 둘러보며 서성이는 동안 정섭이 침대 위에 누울 수 있도록 이불자락을 걷어 놓은 후 나를 등 뒤에서 가만히 껴안아 주었다.

"방이 참 정갈하고 예뻐요. 어머니가 어떤 분인지 느껴져요."

등 뒤에서 내 어깨 위에 얼굴을 얹고 있는 정섭에게 말했다.

"좋은 분이에요. 내가 세상에서 가장 존경하는 분이죠."

"그런 분께 감히 제가⋯⋯."

"저에겐 수혜 씨도 어머니만큼이나 소중해요. 걱정하지 말아요. 다 잘 될 거예요."

정섭이 내 어깨에 둘렀던 팔을 풀더니 정색하고 양손으로 내 얼굴을 감싸 올리며 말했다.

"피곤한 사람 좀 쉬게 두고, 너는 나와서 나를 좀 도우려무나."

밖에서 여인이 정섭을 불렀다.

"내가 쉬지도 못 하게 했네요. 잠시 누워있어요."

정섭은 빙긋 웃어 보이며 방을 나갔다. 단정하게 정돈된 침대에 몸을 누이긴 했지만 잠이 오진 않았다. 밖에서 모자간에 두런두런 정답게 이야기를 나누는 소리가 들렸다. 그들 사이에 흐르는 평화가 느껴졌다.

뒤척이다 깜박 잠이 들었다가 일어나 나오니 어느새 저녁 준비가 다 되어있었다. 정섭은 목장갑을 끼고 마당에 숯불을 붙였고 어머니는 파라솔 밑 테이블에 채소와 반찬을 차려놓았다. 내가 한 번도 누려보지 못한 정겨운 풍경이었다. 숯불 위에서 맛깔스럽게 익은 고기 첨을 상추에 얹어 쌈을 싸 먹었다. 어머니는 한번씩 옅은 미소로 나를 바라볼 뿐 아무 말도 하지 않았다. 그게 고마우면서도 내내 마음이 불편했다. 해가 저물어 모깃불을 피우고 평상에 앉아 과일을 먹으면서도 어머니는 내게 말을 붙이지 않았다. 정섭이 말을 걸어야 억지로 웃으며 대답하는 시늉을 하였다. 정섭은 어머니의 불편한 기색을 눈치채지 못하는 것 같았다. 그러나 어머니의 일거수일투족에 내 모든 신경 세포가 불안으로 흔들렸다.

"작은 방은 침대가 없어서 불편할 테니 오늘은 그냥 내 방에서 쉬어요."

다음 날 아침 일찍 잠에서 깼다. 아직 이슬방울이 맺혀있는 촉촉한 잔디밭을 거닐며 화단의 꽃을 구경하고 있었다.

"일찍 일어났네요?"

어느새 나왔는지 정섭의 어머니가 곁에 서며 말을 붙였다.

"안녕히 주무셨어요?"

어머니가 미소 띤 얼굴로 고개를 끄덕였다.

"왜, 피곤할 텐데 더 자지 않고요."

어머니의 눈이 깊었다.

"밤에 잘 쉬어서 그런지 전혀 피곤하지 않아요. 편하게 잘 잤어요."

"얼굴이 예쁘게 생겼어요."

어머니가 말 없는 미소로 내 얼굴을 찬찬히 뜯어보며 말했다.

"……."

"아침 산책 어때요? 가까운데 낙안 읍성 초가 마을이 있어요."

"좋아요."

아직 이른 시간이라 안개가 걷히지 않은 마을은 오가는 사람이 없어 더욱 꿈결같이 아름다웠다. 안개 속에 올망졸망한 초가 지붕이 정겨워 보였다.

"조용하고 아름다운 동네예요."

"그렇지요? 그래서 이 동네를 떠나지 못해요. 정섭이 아버지와 살았던 곳이기도 하고, 정섭이가 자란 곳이기도 하고."

"네."

"우리 정섭이랑은 출판사에서 만났다고요?"

"네. 편집실에서 아르바이트하면서 가까워졌어요."

나도 모르게 블라우스 앞자락을 끌어내리는데 어머니의 시선이 내 손에 닿는 것 같아 얼굴이 달아올랐다. 아랫배를 감추는 내 손에서 가만히 붉어진 얼굴로 시선을 옮기던 어머니가 다시 천천히 걷기 시작했다. 나도 곁에서 보폭을 맞췄다.

"정섭이가 집에 누굴 데려온 게 이번이 처음이에요. 전부터 이런 날을 수없이 상상했지요. 어떤 여자를 데려올까, 늘 궁금했어요."

"……"

"언제든 그런 날이 오면 나는 무조건 정섭이의 선택을 따라 주리라, 오래전부터 생각해 왔지요. 그런데 무조건 그 선택을 따라 준다는 게 반드시 그 선택을 믿는다는 뜻은 아니었던 모양이에요."

"……"

"미안해요. 내 아들의 선택을 무조건 지지하는 데에 확신이 없네요. 난 여태 내가 그런 엄마인 줄 알았어요. 이제까지 그래왔던 것처럼 정섭이의 판단과 선택을 무조건 믿어 줄 수 있을 줄 알

앗어요. 그래서 자식 두고 입찬소리하는 게 아니라고들 하나 봐
요."

먼데 눈을 두고 말을 잇는 어머니의 눈빛이 떨렸다. 나는 또
정신이 아득해졌다.

"난, 제삼자예요. 두 사람 사이에서 내가 뭘 어떻게 하겠어요.
다만 정섭이 상처받게 될까 봐 나는 그게 불안해요. 그 불안이 어
디에서 기인한 것인지……. 내 말이 상처가 되었다면 미안해요.
하지만 이런 문제는 서로 솔직하게 말하는 게 낫다고 생각해요."

'또다시 불행해지고 싶지 않아요. 정섭 씨를 만나고 나서야 제
마음에 안정을 찾았어요. 이제야 겨우 행복이 무엇인지 알게 되
었는데 그런 정섭 씨를 놓치고 싶지 않아요. 제발 저를 받아주세
요.' 목구멍까지 차오른 말을 차마 입 밖으로 내지 못하고 속으로
눌러 삼켰다.

"정섭이 아버지가 일찍 돌아가셨어요. 남들 앞에 떳떳하고 자
랑스럽게 키워내겠다고 정섭 아버지하고 약속했어요. 정섭이가
누구보다 행복하게 사는 모습을 보여주겠다고요. 아버지 없이 크
는 아이라 늘 마음이 쓰였어요. 자라면서 혹시 그늘질까 염려했
죠. 다행히 아주 밝고 따뜻한 아이로 잘 자랐어요. 지금까지 나를
실망하게 한 적이 없었어요. 그래서 정섭이 선택한 사람이라면
무조건 그 선택을 믿어주자고 생각했던 모양이에요. 그런데 그게

과연 정섭이를 위해서 옳은 일인지 두려워지네요."

귀가 먹먹해진 나는 그녀가 무슨 말을 하는지 들리지 않아서 아무 말도 하지 못했다. '내가 그렇지. 내 인생은 언제나 그렇지.' 내 귀에는 그저 와르르 무너져 내리는 내 심장 소리만 크게 들렸다.

"내 자식이 귀하면 남의 자식도 귀한 건데…… 모질게 말해서, 미안해요. 하지만, 두 사람 모두를 위해서 시간을 갖고 조금 더 신중하게 생각하는 게 좋을 거예요."

어머니가 흘러내린 내 머리칼을 쓸어 올려주며 말했다.

"수혜 씨 좋은 사람 같아 보여요. 정섭이가 왜 좋아하는지 알겠어요. 다른 데서 만났다면 나도 수혜 씨 참 좋아했을 것 같은데."

그녀의 깊고 슬픈 눈동자 앞에서 나는 아무 말도 할 수가 없었다. 아니, 그 어떤 말로도 감히 그녀를 아프게 해서는 안 될 것 같았다.

산책에서 돌아온 우리는 아무 일 없었다는 듯이 함께 아침 식사를 준비했다. 어머니가 텃밭에서 따온 싱싱한 채소로 차린 풍성한 아침 식사를 했다. 밥을 먹으며 짐짓 아무렇지도 않게 서로 가벼운 농담을 주고받으며 함께 웃었다. 편안하고 여유로운 아침밥을 먹고 나서 우리는 집을 나섰다. 골목 밖까지 따라 나온 어머니는 가만히 내 손을 잡아주었다. 나도 그녀에게 말 없는 눈빛을 건넸다. 같은 사람을 사랑하는 두 여자의 말 없는 약속이었다. 우리 두 사람은 시외버스 터미널처럼 작은 공항에서 국내선 비행기를 타고 서울로 돌아왔다.

먼 길을 돌아서 마침내 정섭을 만나고 나서야 비로소 내 인생에 한 줄기 빛이 비치기 시작했다고 생각했다. 이제야 내 인생에 희망을 꿈꿀 수 있게 되었다고 믿었다. 그러나 그것이 얼마나 이기적인 일이었는지 그게 얼마나 정섭과 그의 어머니에게 못 할 짓이었는지 미처 생각하지 못했다. 나에게 행복은 언제나 사치였다.

서울에 돌아오자마자 정섭은 유학 준비를 서둘렀다. 정섭이 먼저 출판사에 사표를 냈고 나도 뒤따라 사표를 냈지만, 나는 정섭과 다른 이유에서였다. 나는 이제 그를 떠나기로 했다. 그의 어머니와 어떤 말도 나누지 않았지만 그건 어쩌면 내가 그녀에게 지켜야 할 사명 같은 것이었다.

사표를 내고 사무실을 나서자 나는 갑자기 길을 잃은 아이처럼 막막해졌다. 이 세상 어느 한구석에도 나를 품어 줄 곳이 없을 것 같았다. 이제 다시는 회사 근처에 올 일이 없을 것이다. 마지막으로 정섭과 함께 갔던 빌딩 뒷골목의 할머니 라면집에 들렀다.

"어서 와. 오늘은 어째 혼자 와?"

주인 할머니가 나를 알아보았다.

"네, 오늘은 혼자 왔어요. 얼큰 라면 하나 주세요."

"그려."

주인 할머니는 내 얼굴을 의미 있는 눈빛으로 한 번 살펴보더니 주방으로 갔다.

"얼굴이 꺼칠한 게 안 좋아 보여서 조금 덜 맵게 했어."

식탁에 라면 냄비를 내려주며 주인 할머니가 말했다.

"네."

나는 예전에 정섭과 함께 왔을 때처럼 마지막 남은 한 가닥까지 모두 건져 먹고 나서야 젓가락을 놓았다.

"잘 먹었습니다."

"그려. 혼자 다니지 말고, 다음엔 꼭 둘이 같이 와."

"네."

나는 라면집을 나서서 큰길 쪽으로 조금 걷다가 오른편으로 음악 소리와 기계음이 요란한 오락실로 들어갔다. 동전을 바꿔 들고 구멍 속에서 마구잡이로 튀어나오는 두더지들의 머리를 사정없이 망치로 두들겨 댔다. 내 인생, 내 운명, 내 과거와 현재와 미래를 사정없이 두들겨 팼다. 정섭의 껄껄 웃는 소리가 환청으로 들렸다. 골목을 나와 큰길가 버스 정류장 앞에서 꽃을 파는 손수레에서 장미 한 다발을 샀다. 정섭이 건네주었던 꽃다발과 똑같은 꽃다발을 품에 안으며 나는 진심으로 정섭을 그리워했다. '오늘까지만, 오늘까지만 생각하자.' 태어나서 처음으로 따뜻한 사랑을 느끼게 해 주었던 정섭에게 나는 이제 어떤 흔적도 남겨서는 안 되는 사람이었다. 내 마음에 남아있던 그의 흔적도 나는 깨끗이 지워낼 참이었다.

그동안 정들었던 자취방 살림을 정리하려고 보니 딱히 정리할 만한 물건도 없을뿐더러 갈 곳이 없는 사람에게는 챙겨야 할 짐도 없다는 것을 깨달았다. 자췻집 골목 입구에 있는 헌책방에 들러 방에 있는 책을 모두 실어 가도 좋다고 말했다. 부엌살림과 어지간한 세간은 새로 이사 들어올 가난한 학생에게 그대로 넘겨주기로 했다.

"오래 살았는데 섭섭하네."

주인아주머니가 보증금을 건네며 말했다.

"오랫동안 편하게 잘 지냈어요."

"그동안 어려운 일 많았던 거 같은데, 잘 돼서 가는 거지?"

"네."

"그래요, 어디서든 잘 살아요."

옷가지만 챙겨 가방을 싸고 보증금을 받아들고 오래 정들었던 자췻집을 나왔다.

아무 생각 없이 고속버스 터미널로 갔다. 목적지가 없다는 건 막막하기도 하지만 동시에 온전하게 자유롭다는 뜻이기도 했다. 아무 데나 바다를 볼 수 있는 곳으로 가기로 했다. 바다를 오래 바라보고 있으면 가슴이 시원해질 것 같았다. 넘실대는 파도에 내 모든 슬픔과 아픔과 지나간 기억을 깨끗이 실어 보낼 수 있을 것 같았다. 동해안의 낯선 마을로 가는 버스에 몸을 실었다. 버스에서 내렸을 때는 이미 사방이 어둑해져 있었다. 민박집 사람들이 버스 터미널까지 나와 호객행위를 하고 있었다. 나는 무엇보다도 우선 깊은 잠을 자고 싶었다. 어렵지 않게 민박할 곳을 구할 수 있는 것이 다행이었다. 호객행위를 하는 어른들 틈에서 열두어 살이나 되었을까 싶은 깡마르고 피부가 까무잡잡한 여자아이가 보였다. 나와 눈이 마주치자 아이는 쪼르르 내 곁으로 달려와 시키지도 않았는데 내 여행 가방을 빼앗아 제 어깨에 짊어 멨다. 못이기는 척 여자아이의 뒤를 따라 걸었다. 아이는 내가 순순히 저를 따라나서자 신이 났는지 힐끗 나를 돌아보며 씨익 웃어 보였다. 민박집은 정류장에서 멀지 않은 곳에 있었다. 여자아이가 손님을 데려오는 일은 흔한 일이었던지 주인 여자 역시 아이가 건넨 내 가방을 받아들고 마당 쪽으로 문이 달린 작은 방으로 안내했다.

민박집 방 한쪽에 아무렇게나 가방을 내려놓은 후 이부자리를 펼치고 누웠다. 그리고 죽음같이 깊은 잠을 잤다. 자면서도 다시는 깨어나지 않을 깊은 잠을 자고 싶다고 생각했다. 누군가 내 몸을 세게 흔들며 깨우려고 하는 것 같았지만, 잠에서 깨어날 수가 없었다. 눈꺼풀을 들어 올릴 기력도 없을 만큼 지쳐 있었다. 나는 그저 푹 자고 싶을 뿐이었다. 자다가 영영 깨어나지 않아도 좋을 만큼 깊은 잠을 자고 싶었다.

다음날 눈을 떴을 때는 해가 중천에 걸려 있었다. 목이 말라 방문을 열고 밖으로 나오자 마침 마당 한쪽에서 한치와 전복을 손질하고 있던 주인 여자가 아는 체를 했다.

"아유, 웬 잠을 그렇게 자요? 잠에 원수진 사람처럼 자데?"

"좀 지쳐 있었어요."

"저녁밥도 안 먹고 쓰러져 자는 거 같기에 혹시 어디 몸이 안 좋은가 걱정이 되어서 흔들어 깨워도 모르고 죽은 듯이 자는데 더럭 겁이 났다우."

"더러 짐도 없이 혼자 드는 손님들이 있는데 그런 손님들은 은근히 신경이 쓰여요. 세상이 어찌나 뒤숭숭한지. 아니, 아가씨가 그렇다는 게 아니라."

말해놓고 주인 여자도 민망한 지 나를 바라보며 어색하게 웃었다.

"따로 밥해 드실 거 아니면, 우리랑 같이 먹어요. 남편은 바다에 나갔고 딸내미하고 둘이 먹을 건데 숟가락 하나만 더 얹으면 되는 걸 뭐."

"그런 실례를요."

"실례는 무슨. 엊저녁부터 굶었으니 얼마나 배가 고프겠어요. 어디 시내 나가서 먹을 기운이나 있겠어요?"

내가 뭐라 대답을 하기도 전에 여자는 엉거주춤 허리를 펴더니 손질한 한치와 전복을 들고 부엌 쪽으로 가면서 말을 이었다.

"이대로 먹으면 돼요. 된장 좀 지져 놓은 게 있으니까 된장하고 이놈들 그냥 초장 찍어서 회로 먹읍시다. 찬은 없어도 시장이 반찬이지 뭐."

"미선아! 나와서 밥 먹자!"

여자가 밥상을 마루에 내려놓으며 소리를 치자 마루 건너편 방에서 어제 나를 데려왔던 여자아이가 툭 튀어나왔다. 팔다리는 길쭉한데 살집이 없었다.

"밥 먹고, 손님 모시고 바닷가 산책 좀 다녀와라."

여자가 말은 하지 않았지만, 아마도 내가 몹시 신경 쓰이는 모양이었다. 혼자 내보냈다가 큰일을 치르게 될까 무서워 딸아이를 감시자로 붙여 내보낼 요량인 것 같았다. 나는 그저 여자가 시키는 대로 하기로 했다.

출랑 걸음으로 앞장을 서는 아이는 살집이 없어서 고무줄을 넣은 반바지가 헐렁헐렁했다. 그 뒤를 좇아 삐죽 솟은 바닷가 갯바위 위에 올라앉았다. 내가 아무 말도 없이 바다만 내려다보자 아이는 멀찍이 다른 바위 위에서 폴짝거리며 놀고 있었다. 아무 생각 없이 깊고 푸른 물결이 출렁이는 걸 내려다보았다. 파도가 한 번씩 몰려와 바위를 때리고는 하얗게 물거품을 일으키며 부서져 내렸다. 나도 그렇게 흔적 없이 부서져 내릴 수 있다면…….

바위 위에 웅크리고 앉아 하염없이 바다를 내려다보고 있자니 문득 깊고 묵묵한 바다 밑바닥으로 가라앉고 싶어졌다. 몸을 일으켜 세우고 한쪽 발을 떼어 바다 쪽으로 뻗었다. 저만치서 물장난을 치던 여자아이가 긴장한 듯 내 쪽을 흘깃 돌아다보았다. 제 엄마가 단단히 일러두었던 모양이었다. 허공에 들려진 내 오른발 쪽으로 체중을 실으려는데 아랫배에서 '뽀르륵' 공기 방울 같은 것이 움직였다. 그게 무언지 아직 인지하지 못한 상태인데 확인이라도 시키려는 듯 뱃속에서 뭔가 '꿈틀' 거림이 느껴졌다.

"……!"

그 바람에 휘청거리며 허공에 두었던 다리를 도로 바위 위로 거둬들였다. 겁이 난 얼굴로 민박집 아이 쪽을 돌아보니 아이가 놀란 표정으로 내게 달려왔다.

"아줌마!"

아이가 내 쪽으로 손을 뻗었다. 제 손을 잡으라는 모양이었다. 아이의 손에 의지해 바위에서 내려왔다.

"애, 뱃속에서 뭐가 움직였어. 공기 방울처럼 미세하긴 했지만, 분명히 뭔가 움직였다니까."

여자아이는 영문을 몰라 멍한 표정으로 나를 올려다보았다.

"애, 아줌마 뱃속에서 아기가 방금 말을 걸어왔어. 나는 잠시 그 애를 잊고 있었지 뭐니."

민박집 아이는 소금기 내려앉은 머리칼을 바닷바람에 날리며 나를 보고 웃었다. '엄마도 그랬을까. 엄마도 나처럼 뱃속의 공기 방울 같은 미세한 움직임을 느꼈을까.' 나는 계속 민박집에 머물면서 뱃속의 아기와 함께 날마다 바다를 바라보았다.

민박집에서 일주일쯤 더 묵고 나서 나는 다시 고속버스에 올랐다. 아직은 어디로 가야 할지 정하진 않았지만, 우선은 고모를 만나야 할 것 같았다. 고모에게 나의 새로운 시작을 알리는 것이 순서라는 생각이 들었다. 지나간 모든 기억을 지우고 새로운 출발선에 서기로 했다. 나는 이제 혼자가 아니니까 용기를 낼 수 있을 것 같았다.

모처럼 돌아온 언덕 위 고모 집의 양철 대문이 낯설게 느껴졌다. 대문을 열고 마당을 들어서는데 낯익은 얼굴이 보였다.

"수혜 씨!"

이미 얼굴이 반쪽이 되어버린 수염이 덥수룩한 정섭의 얼굴이 보였다.

"아이고, 야야, 니 오데 갔었드노? 여기 이 양반이 니를 얼매나 찾았는지 아나? 아이고, 이것아, 니한테 무신 일이라도 생겼을까 얼매나 가심을 졸였는지 아나?"

고모가 맨발로 달려 내려와 내 등짝을 후려치며 눈물을 훔쳤다. 성북동 아버지도 내려와 있었는지 방문을 열더니 신도 신지 않고 마당으로 뛰어 내려왔다. 그러나 선뜻 내게 다가서지는 못했다. 나는 여전히 내 등짝을 치고 있는 고모에게 두들겨 맞으며 그 자리에 굳은 듯 서 있는 정섭을 바라보았다. 정섭은 잠시 그러고 있더니 긴장이 풀렸는지 마당에 털벅 주저앉았다. 잠시 후 천천히 일어선 정섭은 아무 말 없이 내게 다가와 나를 안았다. 고모는 슬쩍 뒤 돌아 눈물을 훔쳤고, 성북동 아버지도 반쯤 몸을 돌리며 눈 밑의 물기를 닦아냈다.

"아무 말 하지 말아요. 괜찮아요. 왔으니까 됐어요. 다시는, 다시는 수혜 씨를 홀로 두지 않을 거예요."

나는 꿈을 꾸듯이 그의 품에 안겨 있었다.

"겁이 났어요. 몸이 바싹 마르고 퀭하니 뚫린 눈빛만 살아서 이성을 잃고 수혜 씨를 찾아 헤매는 정섭일 보고야 내가 틀렸다는 걸 알았어요. 다시 와줘서 고마워요. 수혜 씨가 내 아들 정섭일 살렸네요."

다시 찾아간 정섭의 어머니가 울먹이며 말했다. 그길로 혼인신고를 하고, 서둘러 결혼식 날을 잡았다. 결혼식 날 흰 장갑을 끼고 어색한 얼굴로 서 있는 성북동 아버지의 눈길을 애써 외면하고 정섭의 손을 잡고 함께 입장하는 쪽을 택했다. 그런 나의 결정에 고모도 눈을 흘겼고, 성북동 어머니도 좋은 소리를 하지 않았다. 하지만 내 모든 불행의 시작이었고, 내 출생부터 그때까지한 번도 내 아버지 자리에 있어 주지 않았던 아버지의 손을 잡고 식장에 들어가고 싶진 않았다. 결혼식을 마친 다음 날 우리는 신혼여행도 생략한 채 곧바로 미국 유학길에 올랐다. 핑계는 학기가 시작하기 전에 준비할 것이 많아서 그런다고 했지만, 그보다는 내가 하루라도 빨리 떠나고 싶어 했기 때문이었다. 나를 태운 비행기의 이륙과 함께, 나는 그 땅에서의 모든 나의 지나간 기억을 버렸다. 나는 내 인생을 온전하게 새롭게 시작하고 싶었고, 이듬해 봄에 나는 딸을 낳아 이름을 '새롬'이라 지었다. 그로부터 두해 지나 가을에는 아들을 낳아 '가을'이라 이름 지었다. 정섭이 학위를 받은 후 나도 하고 싶었던 공부를 더 했고, 공부를 마친 후에도 한국에 돌아오는 대신 미국에 남았다. 애초부터 나는 그럴 생각이었다.

　이십 년 가까이 미국에서 지내는 동안 나는 단 한 번도 한국을 찾지 않았다. 한 번씩 시어머니만 다녀갔지 내가 한국을 나간 적은 없었다. 내 모든 지나간 아픈 기억을 다시는 마주하고 싶지 않았기 때문이었다.

핏줄의 힘

떠난 지 이십여 년이 지나 다시 찾은 고국은 생각했던 것보다 훨씬 설레고 반가웠다. 공항에 내려 한글로 된 안내 표지판을 보며 공항 내부를 오가는 직원들의 모습을 보는 것만으로 가슴이 두근거렸다. 여태 그런 줄 몰랐는데 나도 모르게 고국에 대한 깊은 그리움이 쌓였던 모양이었다. 입국 수속을 마치고 대합실로 나오면서 벅찬 감동에 심장이 터질 것 같은 느낌이었다. 내가 이토록 이곳을 그리워했다니. 내가 스스로 생각해도 놀라운 일이었다.

"여기다, 여기!"

멀리서 고모와 사촌오빠들이 나를 발견하고 종종걸음으로 달려왔다.

"고모!"

세월이 흐른 만큼 고모는 많이 늙고 쇠약해 보였다. 젊었던 오빠들도 이젠 중년의 태가 났다.

"아이그, 이 모진 것아! 이게 얼마 만이고? 남들은 자주 나오던데 니는 어찌 그래 한 번도 안 나왔나?"

고모는 축축해진 눈가를 손수건으로 꾹꾹 눌러 닦더니 그 손수건에 콧물까지 풀었다. 그 모습에 오빠들도 눈시울이 뜨거워지는 모양이었다.

"오빠!"

"그래, 오느라 고생 많았다. 좋은 일로 왔으면 좋았을 텐데."

큰오빠가 말했다.

"가방 이리 다오."

작은오빠도 웃으며 내 여행 가방을 받아들었다.

"야속한 것, 홍 서방 공부 마치면 바로 나오는 줄 알았지, 누가 이래 영영 안 나올 줄 알았드나?"

고모가 여전히 눈물을 찍으며 나를 흘겨보았다. 고모는 어느새 폭삭 늙어 길에서 스치면 알아보지 못 할 만큼 노파가 되어버렸다.

"고모부는 좀 어떠세요?"

키가 내 어깨에 겨우 미치는 고모의 등을 쓸어주며 물었다.

"고모부 인자 먼 데는 몬 다닌데이. 허리 빙신 되가, 방 귀신
됐다 아이가. 느그 고모부 때매도 내가 너 있는 미국에를 한 번
몬 갔다 아이가. 허리만 아이믄 당장 여기까지 달려 왔을 낀데.
느그 고모부가 널 얼마나 보고 싶어 하셨는동 니 아나? 너 미국
들어가고 얼마나 상심했는지 니는 모릴끼다. 이 모진 것아."

"네에."

"느그 아배보다 더 울었을 기다. 모르는 사람이 보믄 몰래 숨
카놓은 친딸이라 했을 기라 카이."

가슴이 먹먹했다. 그동안 나는 고모부를 잊고 있었다. 엄마,
아버지, 그리고 태완은 나를 버렸지만 나를 끝까지 품어주었던
분. 내가 처음 고모 집에 왔을 때도, 아버지를 따라 성북동에 갔
다가 거기서 못살고 다시 쫓겨 왔을 때도 고모부는 무심한 듯 말
없이 나를 받아주셨던 분이었다.

"죄송해요 고모."

"나쁜년! 죄송한 줄 알믄 됐다 고마."

고모가 아직도 눈꼬리가 젖은 채 웃었다.

"우리가 인자 다 늙어가 여기저기 고장 안 난데가 없다. 죽기
전에 봤으니 됐다."

고모는 대합실을 빠져나오며 내 손을 꼭 잡더니 코를 훌쩍거
리며 말을 이었다.

"안다. 니가 무신 맘으로 한 번도 안 찾아온 줄 안다. 느그 설움을 내가 와 모르것노. 니 결혼식 때도 멀쩡히 느그 아버지 세워두고 홍 서방 팔짱 끼고 입장하는 걸 보고 내가 그날 집에 가가 얼매나 울었던지. 니가 보낸 서러운 세월 불쌍해서 울었고 두 눈 시퍼렇게 뜨고 네 손잡고 신부 입장도 몬 시키는 느그 아배 불쌍해서 또 울었다."

"······."

"그래도 핏줄은 못 끊는기라. 그래서 핏줄이 무서븐 기라."

"······."

"먼 길 오느라 피곤하겠지만 우선 병원에 들러서 느그 아부지부터 만나자. 느그 아부지 인자 참말로 얼마 안 남은 거 같더라."

"······."

나는 후득 떨어지는 눈물을 훔치며 고모의 말에 어린아이처럼 고개를 끄덕였다.

"오야, 내 새끼 착하다. 그래야제, 그래야제."

고모는 마흔을 훌쩍 넘긴 조카의 등을 어린아이 달래듯 쓸어주었다. 큰오빠가 성북동 어머니에게 전화를 걸어 나의 도착을 알리고 지금 병원으로 가겠다고 말했다. 통화를 하는 오빠의 얼굴에 그림자가 서렸다. 잠시 뭐라고 말을 더하는 것 같더니 전화를 끊었다.

"오늘 외삼촌 못 뵙겠는데요? 지금 상태가 안 좋으신가 봐요. 오늘은 면회 금지래요."

큰오빠가 전화기를 호주머니에 넣으면서 고모에게 말했다. 고모는 긴 한숨을 쉬었다.

"괜찮아 지겠제? 딸내미 먼 데서 왔는데 얼굴은 보겠제?"

고모가 오빠에게 물었다.

"글쎄요. 오늘 좀 쉬시면 내일은 괜찮아 지시겠죠."

오빠가 고모를 안심시켰다.

"수혜야, 오늘은 우리 집에 가서 쉬면서 밀린 얘기 좀 나누자. 요즘 교통이 많이 좋아져서 내일 아침 일찍 출발하면 병원 면회 시간 맞출 수 있을 거야."

"그래요. 고모부도 봬야 하고."

기차역으로 가기 위해 공항버스에 올랐다. 사촌 오빠들 둘이 따로 뒷좌석에 앉으며 나와 고모가 함께 앉을 수 있도록 배려해 주었다. 달리는 차 안에서 고모가 전해주는 그간의 소식들을 귓등으로 들으며 눈부시게 변해 어디가 어딘지 알아볼 수가 없는 시내를 구경했다.

고모네 옛집은 허물고 그 자리에 번듯한 이층집을 새로 지어 놓았다. 고모와 고모부는 그 집에서 큰오빠 내외와 함께 사는 모양이었다. 작은오빠는 시내의 아파트에 산다고 했다. 우물이 있고 빨랫줄이 매여 있던 자그만 흙 마당은 이제 없었다. 녹슨 양철 대문도 보이지 않았다. 오래전 한낮의 뜨거운 햇살을 받으며 밀 짚모자를 쓰고 들일을 위해 양철 대문 밖으로 멀어지던 고모부의 뒷모습이 떠올랐다.

"왔드나."

가래 끓는 소리로 고모부가 물었다. 누워 있다가 대문 소리를 듣고 방에서 나온 모양으로 머리는 까치집을 진 상태였고 허리는 몹시 굽어있었다. 농사를 짓지 않는 고모부의 살빛은 이제 검지 않았다. 운신이 쉽지 않아 실내에만 머무는 모양이었다.

"고모부."

내가 와락 달려들었다. 늙고 야윈 고모부를 막상 만나고 보니 눈물이 솟았다.

"오야, 오느라 애썼다. 아이고, 이기 얼마만이고……."

허리가 불편한 고모부가 나를 올려다보는 꼴이 되었다.

"고모부, 절 받으세요."

"아픈 사람한테 절하는 거 아이다. 그냥 앉아라."

그 말을 듣고 절을 할 수가 없어 엉거주춤 서 있으니 고모와 오빠가 나를 끌어 앉혔다.

"죄송해요. 제가 너무 무심했어요."

이제껏 나는 내 생각만 했다. 고모, 고모부가 늙고 병들 거라는 걸 생각하지 못했다.

"나는 늬 올케 도와서 저녁 좀 준비 할테니까, 니는 여서 고모부랑 회포나 풀어래이. 오늘은 수혜도 왔으이, 맛난 거 해 먹재이."

부지런히 옷을 갈아입고 난 고모가 눈을 찡긋거리며 말했다.

"수혜야."

고모가 나가고 나자 고모부가 조용히 내 이름을 불렀다.

"네, 고모부."

고모부의 앙상한 손을 잡아드리며 대답했다.

"잘 살지?"

"네."

"홍 서방도 니한테 잘하고?"

"그럼요."

"애들은. 애들도 다 잘 있고?"

"네, 애들도 다 건강하고, 공부도 잘하고, 저희들은 다 잘 있어요."

"그라모 됐다. 더 바랄 기 뭐 있겠노."

"네."

"이왕 오는 거 좋은 일로 왔으모 좋았을 긴데, 느그 아부지 위독해가 온기라 마음이 무겁제. 그래도 우야겠노, 사람 사는 기,

어데 마음먹은 대로 살아 지드나?"

"……."

"아부지 원망, 이제 고마 풀고 아부지 편하게 가시게 해라. 니 힘들었든 거 다 안다. 느그 아부지도 다 알끼고. 그거 모르모 사람 아이제. 그라모 됐다. 평생 느그 아부지 마음 감옥에서 살았다 아이가. 그래가 저래 병들었다. 느그 아부지가 저래 병들어 누버 있을 나이가 어데? 한참 창창할 나인데 저래 병원에 들어가가 오늘 낼 한다 아이가."

"네."

"오야, 착하다. 그라고 수혜야."

"네, 고모부."

"니는 내한테 조카딸이 아이고 내 딸이래이. 니 그거 알고있었나?"

"……."

나는 가만히 고모부의 흐려진 눈동자를 바라보았다.

"수혜야, 니가 여섯 살 꼬맹이로 여기 처음 왔던 그 날부터 니는 이미 내한테 딸이었던 기라. 쥐똥맹크로 쪼맨한 게 우째 그래 이쁘던지. 늦게 딸 하나 얻어가 엄청 좋았데이"

"고모부께 짐이 된다고 생각했어요."

"내 탓이데이. 내가 뚝뚝하고 표현할 줄 모르는 촌놈 아이가.

214

그래가 내 한 번도 니한테 따숩게 몬 해줬데이. 나이 먹으매 그런 게 다 후회가 되더라카이."

"말씀은 안 하셨어도, 저한테 잘하신 거 알아요."

"그래 생각해 주니 내가 고맙데이. 느그 아부지가 시퍼렇게 성 북동에 있어가, 내가 차마 니를 내 딸이라 부르지는 몬했어도, 참 말로 한 번도 딸이 아니었던 적 없었데이. 대학교도 내 힘으로 보 내주고, 좋은 짝 만나모 내 손으로 시집도 보내 줄라켔다."

"말씀만으로도 고마워요."

"근데 정작 암것도 내가 해준 게 없데이. 마음으로는 늘 딸이 라 그카면서도 애비노릇을 한기 없다카이. 하필이면 그때 허리를 다쳐가 논밭 있는 거 다 팔고. 있는 돈 없는 돈 다 끌어다 병원비 로 쓰고 정작 니 대학 갈 적에 성북동에 손 벌리게 하면서 내 속 으로 마이 울었데이. 느그 아부지한티 내가 아주 부끄러벘데이. 그 뿐이가, 니 대학 다니면서 혼자 을매나 애썼노. 내가 말도 몬 하고 아주 괴로웠데이."

"저 그렇게 힘들지 않았어요. 그런 말씀 마세요. 고모부가 저 에게 얼마나 더 해주세요. 저를 아무 말 없이 거둬주신 게 누군데 요."

"아이다, 내가 그 생각을 하면 지금도 억장이 무너진데이. 그 래가 내가 몇 년 전부터 쪼금씩 모았다 아이가. 니 학비 몬 대준 거, 니 결혼 비용 몬 대준 거, 마음으로만 아부지라 카믄서 아부지 노릇 몬 한거 다 갚아주려고 내가 돈 모았다 아이가. 적금 들어 놓은 거 있는데 이제 막달이 을마 안 남았다카이. 내가 니를 또 언제 볼 수 있을지 몰라가, 내가 지금 통장을 니한테 주꾸마."

"야야, 밤낮 노인네가 뭘 할라꼬 저래 돈, 돈, 돈 해쌓나 했다. 내가 그 생각은 몬했네. 인자보니 니한테 모아 줄라꼬 그래 돈을 밝혔구먼."

어느새 들어왔는지 고모가 고무부에게 눈을 흘기며 말했다. 고모부는 문갑 안쪽 깊은 곳에서 통장 하나를 꺼내서 내 손에 쥐어주었다. 열어보니 깨알 같은 숫자들이 수도 없이 찍혀 있었다. 나는 그 낡은 통장을 쥐고 눈물을 쏟았다.

"고모부, 이걸 어떻게 모으셨어요. 따로 돈을 버시는 것도 아니면서. 제가 그동안 고모부께 받은 은혜가 얼만데, 이렇게 또 돈을 모으셨어요. 이 못난 거 뭘 그렇게 생각해 주셨어요."

나는 엎드려서 고모부의 손을 부여잡고 눈물을 흘렸다.

"됐다, 다 내 빚이었다 아이가. 넉넉하진 않아도, 그 속에 니 학비도 들었고, 니 혼수도 들었고, 니 결혼식 비용도 들었데이. 내 니한테 빚 갚는 거래이."

"아니예요, 저 이 돈 받을 수 없어요. 고모부 넣어 두시고 필요할 때 찾아 쓰세요."

내가 억지로 통장을 고모부 손에 쥐어 드렸다.

"그라지 말고, 노인네 마음 받아 줘라마. 그기 다 느그 고모부 마음 아이것노."

고모가 나서서 통장을 도로 내 손에 쥐어 주었다.

"밤낮 느그 오빠들만 보믄 돈 좀 달라 케싸서, 관에 들어갈때 싸들고 갈라카나, 아인 게 아니라 궁금했데이. 사람이 을매나 우뭉시러분지, 당최 말을 안 해가 그런 속이 있는 줄은 누가 알았것노."

고모가 고모부 쪽으로 눈을 흘기며 눈물을 찍어냈다.

큰오빠가 식사 준비가 다 되었다고 불러서 마루로 나와 보니 어느새 올케가 큰 교자상 위에 번듯하게 밥상을 차려 놓았다.

"너까지 와서 함께 먹으니 가족이 다 모였구나."

작은오빠가 말했다.

"모처럼 나온 너를 생각하면 떡 벌어지게 잔칫상이라도 차려 주고 싶지만, 지금 외삼촌이 저렇게 누워계시는데 그러는 건 아닌 것 같아서……. 그냥 있는 대로 먹자."

"아이, 그럼요. 제가 뭐 손님인가요."

"먹자."

고모부가 상석에 앉아서 차분한 소리로 말했다. 실로 오랜만에 온 가족이 한 식탁에 모여앉아 밥을 먹었다. 예전에도 지금도 이 사람들이 내 가족이었다는 걸 왜 나는 여태 몰랐던 것일까. 상 밑으로 고모부가 쥐어 준 통장을 만지작거리면서 밥숟갈을 입에 떠넣고 오래오래 씹었다. 목이 메어 쉽게 삼켜 내릴 수가 없었다.

오래된 진실, 하나

다음 날 아침 일찌감치 출발해 병원으로 가니 병실 앞 복도에 성북동 어머니가 기다리고 있었다.

"왔구나."

성북동 어머니가 두 손으로 내 손을 잡아주며 갈라진 목소리로 말했다.

"안녕하세요?"

어린 시절 한때는 내가 그녀의 친딸이길 바랐던 성북동 어머니께 정중히 인사했다. 아직도 아름답긴 했지만, 이제는 많이 늙은 모습이 애처로워 보였다.

"고맙다, 와주어서."

성북동 어머니가 내 손을 잡으며 말했다.

"핏줄인걸요."

내가 담담하게 말했다. 나도 모르게 고모의 말을 흉내 내고 있었다.

"핏줄……."

핏줄이라는 나의 말에 성북동 어머니가 고개를 돌리고 눈물을 삼켰다. 그녀를 아프게 할 마음은 없었다. 잠시 눈물을 삼키던 성북동 어머니가 심호흡을 크게 한 번 하더니 병실 문을 열어 주었다. 병실 안쪽으로 핼쑥하고 바싹 마른 노인의 초라한 모습이 얼핏 보였다. 순간 덜컥 가슴이 내려앉아 쉽게 발걸음이 떨어지질 않았다.

"들어가 봐."

성북동 어머니가 내 등을 떠밀었다. 성북동 어머니에게 떠밀려 몇 걸음 떼어 환자 곁에 가까이 다가갔다.

"누가 왔나 좀 보세요."

성북동 어머니가 병실 침대에 누워있는 늙고 야윈 환자의 귀에 대고 큰 소리로 말했다. 멍하니 허공을 바라보고 있던 아버지가 무심한 눈길을 내게 돌렸다. 잠시 그렇게 멀건 눈동자로 말없이 나를 바라보던 아버지의 얼굴이 움찔하더니, 금세 눈물이 핑 돌았다.

"어머나, 알아보시는가 보다."

성북동 어머니가 놀란 듯이 말했다.

"세상에, 정혜도 신혜도 못 알아보시던 양반이 수혜 너는 단박에 알아보시는구나."

성북동 어머니가 알 수 없다는 표정으로 말했다. 갑자기 마주친 뜻밖의 아버지 모습에 나는 아무 말도 할 수가 없었다. 나를 평생 아프게 한 사람. 나와 엄마를 버린 사람. 나를 지켜주겠다고 약속하고 지켜주지 않았던 사람, 성북동 아버지. 평생 미워하고 원망하며 살아왔는데 이렇게 한 줌 가랑잎처럼 바싹 마른 보잘것없는 노인으로 변해 있을 줄이야. 더 오래, 더 많이 두고두고 원망하며 살아야 하는데 이렇게 초라한 노인이 되어있으면 내가 너무 억울하지 않은가. 나는 아버지의 노쇠한 모습에 눈물이 났다.

"아버지 손 좀 잡아드려라."

성북동 어머니가 내 손을 끌어다 아버지의 손 위에 얹었다. 내 손이 닿자 아버지는 놀랍도록 강하게 내 손을 꽉 잡았다. 초점 없이 흐리던 눈에서 빛이 났다. 아버지는 말없이 찬찬히 내 얼굴을 들여다보더니 눈가에 눈물이 흐르며 뭐라 말을 하려는 듯 입술을 달싹거렸다.

"수혜, 수혜가 왔구나."

성북동 아버지는 사막의 모래바람 같은 소리로 말했다. 나는 가만히 고개를 끄덕여 주었다. 내 손을 잡은 아버지 손은 힘주어

꽉 잡으면 부스러질까, 겁이 날 정도로 앙상했다.

"미, 미안……."

성북동 아버지는 말을 맺지 못했다. 예전에도 나만 보면 미안
하다고 하더니 이번에도 이십여 년이나 지나서 만난 딸에게 아버
지의 첫 마디가 미안하다는 말이었다.

"아유, 저 양반 오늘은 정신이 맑으시네. 수혜야, 네가 보약이
구나. 너를 보시더니 금세 힘을 내시잖니."

성북동 어머니가 말했다.

"고맙다. 와 줘서, 고맙다."

아버지는 눈물 젖은 눈으로 나를 따뜻하게 바라보았다. 정말
내가 보약이었는지 내가 온 뒤로 며칠 만에 아버지의 눈빛이 달
라졌다. 눈빛에 생기가 돌았다. 떠먹여 주는 미음도 조금씩 받아
먹었다. 모래바람 같던 목소리에도 힘이 생겼다. 간간이 나를 바
라보며 옅은 미소를 지어 보이기도 했다. 놀라운 일이었다.

"세상에, 수혜야. 정말 이런 일이 있구나. 나는 늬 아버지 꼴딱
숨넘어가시는 줄 알았다. 제발 덕분에 이참에 회복하시면 좋겠
다."

성북동 어머니가 내 손을 두 손으로 감싸 쥐며 눈물을 글썽거
렸다. 그런 그녀가 안쓰러워 보였다. 수척한 얼굴이 환자보다 더
환자처럼 보였다. 오랫동안 병실 간이침대에서 쪽잠을 잤을 성북

동 어머니를 며칠이나마 쉬게 해 주고 싶었다. 밤에는 내가 아버지 곁을 지키겠다고 나섰다.

"아유, 너 못해. 그리고 아직 여독도 안 풀렸을 텐데."

"저는 아직 젊잖아요. 한 이틀 집에서 푹 쉬었다 오세요."

"그럼, 이틀은 말고, 하루만 부탁한다. 옷도 좀 갈아입고 빨래도 좀 해 올게."

성북동 어머니는 담당 의사에게 아버지 상태가 조금 나아졌다는 걸 두 번 세 번 확인하고서야 아버지 빨래 거리를 챙겨 들고 집으로 갔다.

아버지는 침대에서 내려와 꽤 긴 시간 의자에 앉아 있었다. 내 손을 잡고 내 얼굴을 오랫동안 바라보았다.

"힘들지 않으세요? 침대로 옮겨드릴까요?"

아버지는 고개를 가로저었다.

"물 좀 드릴까요?"

아버지는 엷은 미소를 지으며 고개를 끄덕였다.

내가 건넨 물 잔을 반 이상 비우고 난 아버지는 또다시 가만히 내 눈을 들여다보았다. 아버지의 눈빛은 마치 순진한 어린아이의 눈빛 같았다.

"수혜야."

아버지는 내 이름을 불렀다.

"네."

"아버지 원망 많이 했지? 미안하다."

"……."

이제와서 후회한들 무엇 하겠는가. 다 부질없는 일 아닌가. 엄마가 나를 임신했다는 사실을 숨긴 채 아버지를 떠났던 거라면 아버지도 내 존재를 몰랐을 터였고, 뒤늦게 나타난 나의 존재로 아버지 역시 고통스러운 삶을 사셨을 터였다. 나이 마흔을 넘기고 보니 이제야 아버지도 그 당시는 딱한 형편이었을 거라는 마음이 들었다.

"아버지도 어쩔 수 없으셨잖아요."

내 말에 아버지는 고개를 끄덕였다.

"그땐 나도 뭘 어떻게 해야 할지 몰랐어."

그랬구나. 그때는 아버지도 어떻게 해야 하는지 몰랐구나. 한 번도 아버지 역시 나처럼 힘이 들 거라는 걸 미처 생각하지 못했었다.

아버지는 깊은숨을 한 번 몰아쉬더니 나머지 물 잔을 마저 비웠다. 물 잔을 비운 아버지는 흐릿한 눈동자로 먼 데 창밖을 바라보았다. 그 곁에서 나도 창밖으로 눈길을 돌렸다. 한참이 지난 후 아버지는 낮은 목소리로 혼잣말하듯이 이야기하기 시작했다. 한 발, 한 발 걸어서 먼 길 여행을 떠나려는 것처럼 서둘지 않고 천천히.

"네 엄마, 애란이를 다치게 한 건 나였다. 사고였지. 그때 난 그 애가 죽는 줄 알았어. 얼마나 무섭던지. 몇 날 며칠 열병을 앓고 나더니 살아났다. 그러더니 그 총명하던 아이가 총기가 없어졌다. 거기다 다리까지 절게 되었지. 그게 다 나 때문이었다."

아버지는 마치 엊그제 일어난 일인 듯 얼굴을 고통스럽게 찡그렸다.

그 애가 온몸을 비틀며 걷는 걸 볼 때마다 마음이 아팠다. 그런 줄도 모르고 애란이는 나를 몹시 따랐다. 바보같이 나만 보면 헤죽거리고 웃었다. 그래서 더욱 죄책감에 괴로웠다. 나에게 그 애는 평생 짊어지고 가야 할 짐이었어.

대학을 가면서 집을 떠나 있게 되자, 은근히 홀가분해지더구나. 그 애가 내 눈에 보이지 않으니까 마음의 짐이 덜어지는 기분이었지. 그 애를 보지 않는 것만으로도, 숨통이 트였다. 거기다 마침 나에게는 좋아하는 사람이 생겼지. 그게 지금 네 어머니, 정혜 엄마다. 내가 좋아하는 사람과 행복하면 할수록, 네 엄마 애란이 생각에 마음이 괴로웠다.

겨울 방학이 되었는데, 집으로 내려가지 않았다. 그 애를 보지 않으면 내가 좀 편할 것 같아서였지. 며칠을 미루다, 설은 가까워졌는데, 집안의 독자가 되어서 고향에 안 내려갈 수가 있어야지. 하는 수 없이 버스표를 끊었는데 아침부터 눈발이 날렸다. 가느다란 눈발이 폴폴 날리는가 싶더니 오후가 되면서 눈발이 주먹만큼씩 굵어졌다. 기차를 탔으면 사정이 달랐을 텐데, 왜 그날따라 버스를 탔는지 몰라. 눈 때문에 도로 사정이 얼마나 안 좋았는지, 버스가 거의 기어가다시피 했지.

그날처럼 눈이 많이 내린 날이 또 있을까. 우리 앞에서 달리던 버스 하나가 사고가 났던 모양이었다, 내가 타고 있는 버스는 꼼짝없이 도로에 갇혀있었다. 서너 시간이면 닿을 거리를 밤이 깊도록 도로에 갇혀있으니, 그런 낭패가 없었다. 점심 먹고 출발한 차가 새벽 2~3시가 되어서야 닿았으니, 꼬박 12시간은 족히 걸렸던 모양이야.

그때는 전깃불도 없어서 사방이 캄캄했다. 그나마 내린 눈에 비치는 부연 빛을 의지해 정강이까지 쌓인 눈밭을 저벅저벅 걸어갔지. 동네 앞에 흐르는 개울을 건너려고 다리 위에 올라섰는데, 어디서 강아지 않는 소리가 들리지 않겠니? 걸음을 멈추고 귀를 기울였는데 아무 소리가 안 나더라. '잘못 들었나?' 몇 걸음 더 걷자니까 또 그 강아지 않는 소리가 들렸다. 그래서 '이상하다' 싶어 걸음을 멈추고 소리가 나는 쪽으로 기웃거리며 왔던 길을 되짚어 갔지. 소리는 다리 밑 안쪽에서 나더란 말이지. 휴우! 지금도 그 생각을 하면…….

고개를 들이밀고 바짝 들여다보니 거뭇한 사람 그림자 같은 게 보이질 않겠니. 가슴이 덜컥 내려앉았다. 다리 밑으로 내려가 "거기 누가 있어요?" 했지. 앓는 소리는 나는데 사람이 대답을 못 하는 거야. '이거 큰일 치르게 생겼구나.' 불안한 마음으로 가까이 다가가 보았더니 앓는 소리를 내고 웅크리고 있던 건 바로 네 엄마, 애란이었다.

눈앞이 캄캄했다. 축 늘어져 있는 애를 일으키려고 보니, 옷이 찢겨나갔고, 몸 여기저기에 긁힌 상처에 매도 맞았는지 코피가 터져서 얼굴이 온통 피범벅이었다. 그때 내가 발견하지 않았더라면, 그날 밤에 아마 얼어 죽었을 거다. 내가 온다는 소리를 듣고 버스 정류장에 나와 나를 기다리다가 못된 놈들에게 몹쓸 짓을 당했던 모양이었다.

그 미련하고 착한 것이 무조건 제 잘못이라며 손이 발이 되게 싹싹 빌더구나. 식구들이 알면 자기는 쫓겨난다는 거야. 나는 내 외투를 벗어 애란에게 덮어주었다. 그 애를 등에 업고 집으로 향하면서 나는 속으로 얼마나 울었는지 모른다. 밤중에 한 놈도 아니고 서너 놈이 갑자기 달려들어 다짜고짜 주먹질부터 해 댔다는데 그 앤들 누군지 알 턱이 있었겠니. 코피를 쏟고 고꾸라지는 걸 눈밭에 개 끌듯이 끌고 가서 그런 몹쓸 짓을 한 놈들을 찾을 길이 없었지. 그 애를 다치게 만든 것도 나였고, 그 애를 그 지경으로 만든 것도 나였으니, 나는 그저 그 애 앞에서 너무 가슴이 아파 피눈물을 흘렸다. 나는 그 애와 손가락을 걸었다. 평생 그날 밤의 일을 비밀로 해 주겠다고.

봄 방학이 시작되자마자 서둘러 집으로 와 봤더니, 그사이 난리가 났더구나.

"저년이 바람 난 게 틀림 없데이, 밤중엔 뭘 하고 낮엔 저렇게 얼굴이 뇌랗게 떠서 병든 닭 맹크로 존다 말이고."

할머니가 가만히 눈여겨보니 아무래도 처녀 아이가 배가 너무 부르다 싶으셨던 거야. 그날 밤 일로 애란이가 덜컥 아이를 가진 줄 누가 알았겠니. 처음에는 아마 애란이 저도 몰랐을 거다.

"저년, 저거 수상하데이. 시집도 안 간기, 와 저리 배가 자꾸 불러오노. 속 모르는 사람이 보믄 얼라 가졌다 안하겠나?"

가만히 두고 보니 어머니 보시기에도 이상하더란 말이지. 그래서 애란이를 끌고 뒤꼍으로 가서 꼬치꼬치 물으셨던 거지.

"니 요번 달에 달걸이 했드노? 안 했제? 언제하고 안 했드노? 니 참말 아무 일 없었드노? 니 혹시 얼라 가진 거 아이가?"

집안이 발칵 뒤집혔다. 할머니는 안 그래도 눈엣가시 같았던 며느리 친정 쪽 군식구인 애란이가 집안 망신시켰다고 노발대발하셨지. 성미가 불같았던 할머니는 애란이를 광에 가두고 사정없이 매질했다. 저러다가 저 애가 죽겠구나 싶었다. 그 애의 모든 불행이 내 탓인데 가만히 있을 수가 없었다. 내가 광으로 뛰어 들어가 할머니 앞에 무릎을 꿇었다. 그래야 매질을 멈추실 테니까. 할머니는 집안에 독자인 나라면 벌벌 떠시는 양반이었거든. 내가 그랬다고 했다. 애란이가 가진 아이가 내 아이라고. 내가 그랬다고 하니, 할머니는 뒷목을 잡고 쓰러지셨다.

며칠을 머리 싸매고 누우셨던 할머니는 애란이를 아무도 모르게 낙태 수술을 받게 하라고 하셨다. 나 역시 그렇게 하는 게 옳다고 여겼다. 성치 않은 애가 아이를 낳아 키울 수 있을지 걱정이 앞섰으니까. 그런데 애란인 생각이 달랐던 모양이더라. 그게 그 애의 모성애였는지. 다음날 감쪽같이 사라지고 없더라. 가면 어딜 가겠나 싶었다. 며칠 지나면 돌아올 줄 알았다. 걱정도 되었지만, 한편으로는 그 애가 돌아오지 않기를 바랐다. 그러고는 곧 그 애를 잊었다. 네가 다시 나타나기 전까지는.

애란이가 보란 듯이 너를 낳아 기르고 지켜내질 않았겠니. 네 엄마는 너를 지키기 위해 집을 나갔고, 너를 지키기 위해 다시 돌려보낸 거야. 그게 그 애가 너를 지키는 방법이었을 거다. 너한테 많이 미안했다. 너도 네 엄마도 온전히 지켜주지 못해서 늘 미안했다.

긴 이야기를 마친 아버지는 피곤하신지 침대에 누워 깊은 잠에 빠졌지만, 나는 아침이 되도록 한잠도 잘 수가 없었다.

"놀랍도록 정신이 맑으셨어요. 오래전 일을 어제 일처럼 이야기하셨어요."

다음날 회진 온 담당 의사에게 말했다.

"놀라운 일이에요. 환자분이 따님을 보시고 큰 힘을 얻으신 모양입니다. 환자에게 있어 가족은 설명하기 힘든 기적 같은 에너지원이 되기도 하거든요. 하지만 일시적으로 정신이 맑아지는 회광반조回光返照 현상일 수도 있으니, 조금 더 지켜봅시다."

다음날, 성북동 어머니와 다시 교대하고 고모와 함께 병원을 나서 시외버스 터미널로 가는 내내 간밤에 들은 거짓말 같은 아버지의 비밀을 떠올리며 나는 아무 말도 할 수가 없었다. 고모도 내가 아버지를 만난 후 생각이 많아 보였는지 버스 터미널에 다가도록 내게 말을 붙이지 않았다.

오래된 진실, 둘

시외버스에 올라 고속도로를 달리며 내내 묵묵히 창밖만 내다보고 있었다. 갑자기 엄마는 어떻게 고모의 가족들과 함께 살게 된 것인지 궁금해졌다.

"엄마는 어떻게 고모네 식구들과 함께 살게 된 거예요?"

"가만있자. 그기, 아주 오래된 일이라……."

고모는 아주 오래된 기억을 되짚느라 그런지 한동안 말을 못 하고 허공에 눈길을 두고 꽤 오랜 시간을 묵묵히 있었다.

"그러니까, 그기……."

내가 무슨 질문을 했었는지조차 잊었을 즈음 고모가 가라앉은 목소리로 말을 꺼냈다.

울 어무이는 가난한 농가의 장녀였단다. 어무이는 정신대에 끌려갈까 무서워 스무 살이 채 못 되어 일찌감치 시집을 왔다카드라. 어무이 밑으로 남동생 둘이 더 있었고, 그 밑에 막내 여동생이 하나 있었는데, 어무이 시집올 때는 채 열 살이 못 된 쬐끄만 계집아이였다지 아마. 그때는 너나 할 것 없이 죄다 못 살던 때니까 집안에서 막내 여동생이 열서너 살 먹었을 적에 남의집살이를 보냈다지. 자매라 캐도, 하나는 일찌감치 시집을 갔고, 또 하나는 남의집살이를 떠났으니 서로 못 보고 지낸 게 한참이지. 남의집살이라는 게 살다보믄 어디 한 집에만 오래 있게 되드나. 처음 간 집에서 몇 년 있다가 두어 번 집을 옮긴 모양인데, 그만 소식이 끊겼더란다. 들리는 말로는 일본 사람 집으로 갔다 카기도 하고……. 그렇게 서로 못 보고 지낸 게 수 세월이었다지. 그때는 다들 그랬어. 남의집살이를 떠나거나 징용엘 끌려가거나 정신대에 끌려가거나. 농사짓는 사람들도 만주로들 떠나고. 그러다가 해방을 맞았는데 미처 흩어졌던 가족들을 만나보기도 전에 바로 또 전쟁이 안 터졌나. 어무이는 시집 식구들하고 피난을 떠났기 때문에, 친정 식구들하고는 또 소식이 끊겼다. 어렵사리 피난에서 돌아와 보니 피난민들이 함부로 들어와 울타리를 뽑고 마루 짝까지 뜯어서 땔감으로 쓴 바람에 집안 꼴이 말이 아니었다카드라. 경황도 없고, 하도 기가 맥히가 넋을 놓고 주저앉아 있는데 웬 지프차가 저만치 도랑 옆에 서더니 거기서 키가 훌쩍 큰 미군 하나가 나오더라지. 미군이 웬 어린아이를 안고 통역병을 앞세워 집 안으로 들어오더란다. 무슨 일인가 싶었는데 통역병의 도움으로 사정을 듣자니, 그 미군이 지나는 길에 폭탄에 죽은 사람들이 있었는데 그중 한 젊은 여자 곁에서 비쩍 마른 어린아이 하나가 벌벌 기어 나와 울더란다. 죽은 여자 아기일까 싶어서 뒤적이다 보니 그 여자 보따리에서 우리 집 주소가 적힌 쪽지가 나왔다 카더라. 울어무이한테 죽은 여자가 아는 여자인지, 데리고 온 아기가 그 여자의 아기가 맞는지 물었다 카는데. 그걸 우예 알 것노. 우리 이모가 어릴 때 남의집살이를 떠났다는 말만 들었지, 시집을 갔다는 말도 들은 적이 없고 더군다나 어린애를 낳았다는 말을 들은 적이 없었다는디, 참말로 그 여자가 우리 이모인지, 또 그 아기가 이모가 낳은 아기인지 알 수가 없는 노릇 아이가. 할무이가 원래 성미가 괄괄하고 괴팍하셨다. 안 그래도 없이 사는 형편에 누구 핏줄인지도 모를 그 아이를 우예 키우느냐고 펄쩍 뛰셨지. 우리 집과는 아무 상관이 없는 아이고, 혹시 며느리 친정쪽 조카라고 해도 우리가 키워야 할 의무가 있는 건 아니니 당장 데려다 보육원에 맡기라고 미군에게 화를 내셨다 카드라. 그렇지만 어무이로서는 그럴 수가 없었다드라. 그 죽은 여자가 정말로 동생일지도 모르는데, 어쩌면 이 아이가 그 동생이 마지막 남긴 핏줄일지도 모르는데, 어떻게 보육원으로 보낼 수가 있느냐고.

참 힘드셨을 기다. 없는 집 고초당초보다 맵다는 시집살이 살면서 확실하지도 않은 친정 피붙이 건사하는 게 어디 쉬운 일이었겠노. 변명 같지만 그래도 우리 형제들이 모두 네 엄마 애란이를 친 동생으로 여겼다. 워낙 어무이가 마음을 쓰셔서 그랬겠지만, 형제들도 품성이 그렇게 차갑지 않았어. 물론 어른들은 논일 밭일 하시느라 날마다 일찍부터 나가시고 나하고 내 여동생들도 집안일 건사하고 어른들 돕느라 애란이를 따로 특별히 챙겨주지는 못했지만 한 번도 가족이 아니라고 생각한 적은 없었다. 그중에서도 특히 네 아버지 수창이가 애란이를 아꼈지. 수창이 그 어린 게 애란이를 지게에 태워주려다 그만 떨어뜨리고 말았다.

그때 아마 다리를 심하게 다쳤던 모양이야. 무심해서 그런 것도 있지만 그땐 다들 그랬다. 애가 그냥 악을 쓰고 울어도 그러다 말겠지 했다. 누가 그렇게 크게 다친 줄을 알았나. 한나절 울다 말겠지 했는데 아이가 계속 열이 펄펄 나고 앓더라. 어무이도 시어른들 눈치가 보이니 병원도 몬 데려갔지. 농사일 바쁜 집 며느리가 앓는 어린 것만 끼고 있을 수 있는 형편이 아니었지. 나는 그때 애란이가 죽는 줄 알았다. 며칠을 그렇게 불덩어리같이 앓고 나더니 하루는 애가 부스스 일어나 앉더니 배시시 웃더라. '아이고, 이제 살았구나.' 어무이에게 알렸지. 어무이가 한달음에 달려와 애를 안아서 일으켜 세우는데 달름달름 한쪽 다리를 땅에 대지를 못하더라. 어무이가 이상해서 다시 세우고, 또 다시 세워 봤다. 한 쪽 다리를 잘름거리며 땅을 딛지를 못하지 뭐냐.

"야야, 힘을 좀 줘 봐라. 땅을 디디 보란 말이다."

어무이가 울부짖으며 이제 겨우 앓고 일어난 어린 것의 등짝을 후려쳤지만, 아이는 등짝 맞은 것이 서러워 울음을 터뜨릴 뿐 매양 한쪽 다리로만 서 있었던 것이지. 그래 어무이가 울며불며 애를 둘러업고 동네 침쟁이한테 달려갔었다. 침쟁이는 떨어져서 다리를 다쳤던 모양인데 너무 늦었다고 하더라. 지금처럼 시절이 좋으면 침쟁이한테 안 가고 병원으로 바로 갔을 긴데. 그랬더라면 절름발이가 안 됐을 긴데……. 그 때 어무이가 얼마나 우셨던지. 부뚜막 앞에 쪼그려 앉아서 울고, 장독대 뒤에서 울고. 나도 그런 어무이 보면서 숨죽여 울었다. 그때부터 다리를 절더구나.

몸도 불편한 것이, 지능까지 모자라니 집에서나 동네서나 천덕꾸러기였다. 그래도 착하긴 얼매나 착한지 동네 심부름 지가 다 하고 댕겼다. 내가 금송리로 시집을 갔는데, 어른들이 심부름을 시키면 낮이 됐든지 밤이 됐든지, 그 몸으로 열 번이고 스무 번이고 군말 한마디 없이 덕전리에서 금송리로 왔다 갔다 심부름 다 했다. 그 착했던 것이 우짜다가 그랬는지…….

얌전한 고양이가 부뚜막에 먼저 올라간다 카드니, 그 애가 뒷구멍으로 호박씨를 까듯이 순진하고 착해빠진 동생을 꼬였다고 생각했다. 내가 일찍 시집을 와 그간의 얘기는 전해 듣기만 했지. 남들 부끄러워 차마 입 밖에 낼 수 없는 일이 그 애한테 일어났고, 나는 그 애를 오랫동안 원망했다. '우쩌다가 우리 집에 굴러들어온 돌멩이가 흙탕물을 튀겨놓고 풍비박산을 만들어 놓았구나.' 원망했었다. 그 애가 집을 나가 소식이 없다고 했을 때 어디 가서 죽지나 않을까 염려도 되었지만……. 인제 와서 말하는데 솔직히 영영 소식이 없기를 바랐다. 어느 날 여섯 살 먹은 니가 우리 집 앞에 쪼그려 앉아 울고 있는데. 척 봐도 애란이 어릴 적 모습이더라. 가슴이 쿵 내려앉았지. 그것이 남들보다 머리도 모자라면서 우리 집 주소는 어찌 기억했을까. 용케 다시 잘 찾아왔더라만. 남편 보기 부끄러웠다. 묵묵히 이해하고 받아주는 남편 앞에서 나는 다시 부끄러웠다. 내 못나고 비뚤어진 마음이 그 사람 앞에서 부끄러웠다. 니를 키우면서 '내가 애란이를 원망하고 저주한 업을 푸는구나.' 생각했다.

성북동 아버지

아버지는 한 일주일 호전되는가 싶더니 갑자기 상태가 위중해졌다. 면회도 되지 않는 중환자실로 옮긴 후 며칠을 지나더니 급기야 담당 의사가 이제 마음의 준비를 하라는 얘기까지 전했다. 산소 호흡기가 얼굴의 절반이나 가리고 중환자실에 누워있는 아버지를 짧은 면회 시간마다 유리창 너머로 들여다보았다.

'평생 다시는 보지 않으리라.' 다짐했던 아버지였지만 다시는 볼 수 없을지도 모른다는 생각에 마음이 무너져 내렸다. 성북동 어머니의 모습도 마른 지푸라기처럼 푸석거렸다. 병원 복도의 의자에 마른 몸을 의지한 채 두 손을 모으고 무릎에 머리를 묻고 있는 모습이 차마 안쓰러워 바로 볼 수가 없었다. 가만히 곁에 앉아 앙상한 어머니의 어깨에 팔을 두르자 기도를 하고 있었던 듯 꼼짝하지 않고 엎드려 두 손을 모으고 있던 어머니가 몸을 세워 앉았다.

"내가 저 양반 많이 힘들게 했다."

성북동 어머니는 마치 혼잣말을 하듯 허공을 응시한 채 조용히 말했다. 누구라도 그랬겠지. 결혼 전에 낳은 아이가 있는 남편. 그 배신감과 그 원망을 어떻게 견딜 수 있었을까. 아버지 마음이 어디에 있을지 늘 불안하고 채워지지 않는 부족함이 있었을 것이다. 나이 마흔을 넘기고 남편을 두고 아이를 낳아 키우는 여자가 되어 보니 성북동 어머니의 마음이 어렴풋이 이해되었다.

"한 번도 나에게 불편한 소리 안 하셨다. 늘 내가 퍼붓는 대로 듣기만 하셨지. 그게 병이 되셨나 보다."

나는 성북동 아버지와 어머니 모두에게 빚진 마음이 들었다. 우린 모두 서로에게 빚을 지고 있었다.

"아버지는 그렇게 생각하지 않으실 거예요."

"내가 외동딸로 자라서 버릇이 없었다. 화가 나는 대로 아버지에게 퍼부었지. 한 번도 아버지의 얘기를 들어볼 생각을 안 했어. 내가……. 내가, 너한테 못 할 짓 많이 했다. 그게 아버지 마음에 가시같이 걸렸을 거다."

"……."

"정혜도 못 알아보시고, 신혜도 못 알아보시더라. 형님이 미국에서 너 불러온다고 하셨을 때도 나는 속으로 부질없는 일이라고 생각했다. 와 봤자 알아보시지도 못할 텐데 너한테 또 한 번 상처를 주는 게 아닐까 생각했다."

어머니는 깊은 한숨을 한 번 내 쉬더니 말을 이었다.

"세상에, 너를 보자마자 알아보시는 것 좀 봐라. 세월이 얼만데……. 너 미국 들어가고 처음 나온 거 아니더냐. 그런데 너를 보자마자 눈동자에 반짝 빛이 나는 것 좀 보라지. 그때 내가 알았다. 너희 아버지에게 내가 무슨 짓을 했는지. 그 몸에 병을 만든 건 나다."

"……."

"내가 너희 아버지를 많이 좋아했다. 결혼도 내가 먼저 하자고 했는걸. 네가 나타나고 겁이 났다. 너희 아버지를 뺏길까 봐 겁이 났다. 너를 데리고 있으면 어떤 식으로든 네 생모하고 연결될 것 같았어. 그게 두려웠다. 그런데 내가 정말 그 양반을 사랑했다면 그렇게 하는 게 아니었어. 내가 정말 그랬다면 네 아버지의 과거도 현재도 미래까지도 품어줄 수 있었어야 했는데……."

성북동 어머니가 갑자기 흐느끼며 두 손에 얼굴을 묻었다.

"누구라도, 누구라도 어머니의 상황이었다면 그렇게 했을 거예요. 어머니 잘못이 아니에요. 누구의 잘못도 아니에요."

나도 왈칵 눈물이 솟았다.

"네가 그렇게 말해 주니 고맙구나. 미안하다 수혜야. 내가 어른 답지 못해서 미안하다 수혜야. 지금이라도 내 죄를 빌고 용서해 주시면 더도 말고 딱 10년만, 아니 5년이라도 아버지 모시고 속 죄하는 마음으로 살고 싶은데……. 이제 시간이 없는 것 같구나."

"사람은 왜 지금이 가장 사랑할 때라는 걸 깨닫지 못하는 걸까 요. 저도, 두 분 많이 원망했어요."

성북동 어머니는 젖은 속눈썹을 들어 나를 가만히 들여다보더 니 와락 끌어안았다. 우리는 서로의 등을 쓸어주며 오래오래 눈 물을 흘렸다.

"오늘 밤이 고비가 될 것 같아요."

담당 의사 말에 우르르 가족들이 모여들었다. 로봇처럼 이런 저런 기구들이 연결되고 산소 호흡기로 얼굴을 절반이나 가린 아 버지를 겹겹이 둘러쌌다. 아버지는 한 사람 한 사람의 얼굴을 눈 으로 훑어가셨다. 그러다 내 얼굴에 아버지의 눈길이 머물렀다. 아버지는 멈칫 눈을 동그랗게 뜨고 나를 가만히 응시하셨다.

"그래, 너를 또 알아보시는구나."

성북동 어머니가 내 귓가에 속삭이셨다. 그러나 나는 아버지 가 나를 보고 깜짝 놀라신 것 같은 느낌이 들었다. 내 얼굴에서 내가 아닌 누군가를 찾으신 것 같았다. 한바탕 회오리바람 같은 고비의 밤을 무사히 넘기시고 아버지는 거짓말처럼 회복되셨다.

기적처럼 다시 일반 병실로 옮길 수 있었다.

"놀랍군요. 의지가 보통이 아니세요. 그날 밤 그냥 가실 줄 알았는데요."

담당 의사가 말했다.

"희망을 품어도 될까요?"

내가 의사 뒤를 따라 복도를 함께 걸으며 물었다. 내 말에 담당 의사는 발을 멈추고 나를 가만히 쳐다보았다.

"잠시 회복되시는 것처럼 보이지만 시간만 조금 버는 거로 생각하시면 됩니다. 너무 쇠진해 계세요."

"……."

"너무 실망하지 마시고, 남은 가족분들 여한이나 없게……."

그만하면 알아들었다. 나는 서둘러 의사에게 꾸벅 인사를 하며 다음 말을 아꼈다. 복도를 돌아서 병실로 돌아오는데 후드득 눈물이 떨어졌다.

밤을 꼬박 지새우며 아버지를 지켜보고 있던 가족들도 아버지가 회복하는 모습을 보이자 다시 일상으로 돌아갔다. 정혜도 신혜도 결혼해서 가정이 있으니 제각각 집으로 돌아갔고, 고모네 식구들도 모두 다시 금송리로 내려갔다. 이제 병원엔 성북동 어머니와 나만 남았다. 오랜 병간호로 안 그래도 몸이 약해져 있던 성북동 어머니는 지난번 급속도로 악화하였던 아버지 병세에 놀랐는지 기진해 있어서 손가락으로 툭 건드리기만 해도 쓰러질 것 같았다.

"이러다 어머니까지 쓰러지시겠어요. 병실은 제가 지킬 테니 어머니는 집에 가셔서 좀 쉬세요."

"내가 자리 비웠다가, 너희 아버지 마지막 모습 놓칠까 봐 겁이 나서 그래. 당장 쓰러질 것만 같은데 잠시라도 방심하다 너희 아버지 가시면……."

"간호사에게 부탁해서 영양제라도 좀 맞을 수 있는지 알아볼게요. 주사 맞고 잠시라도 눈을 좀 붙이셔야 할 것 같아요."

"그래 줄래? 아닌 게 아니라 내가 눈꺼풀을 들어 올릴 기운도 없구나."

병원 측에 사정 얘기를 하니 친절하게 병상 하나를 내어주고 성북동 어머니를 쉴 수 있게 배려해 주었다. 금방이라도 쓰러질 것 같았던 성북동 어머니를 병상에 눕히고 나니 한결 더 안정적으로 아버지의 병실을 지킬 수가 있었다. 밤은 깊었고 아버지는 아무 일 없었다는 듯이 코를 골며 평화롭게 잠을 자고 있었다. 병실 벽에 등을 기대고 앉아서 잠을 자는 아버지의 얼굴을 물끄러미 바라보고 있었다. 잠시 후 아버지는 꿈을 꾸시는지 야윈 두 손을 들어 허공을 헤매고 있었다.

"아버지!"

허공을 헤매고 있는 성북동 아버지의 야윈 손이 안쓰러워 벌떡 일어서 다가가 그 손을 잡아주었다. 손을 잡자, 아직 꿈속에서 헤매던 아버지가 눈을 번쩍 떴다. 그러곤 가만히 나를 응시했다.

"아버지?"

내가 아버지의 손을 꼭 잡으며 말했다.

"애란아!"

"……!"

아버지는 내 이름 수혜가 아니라 엄마 이름을 부르고 있었다. 중환자실에서 나를 보고 깜짝 놀란듯해 보였던 이유를 알 수 있을 것 같았다.

"애란아, 저기, 저기 방금 지나간 송아지 두 마리, 그거 우리 집 송아지 아니냐?"

"송, 송아지요?"

"그, 그래. 방금 송아지 두 마리가 여기 이렇게 지나갔잖니."

"…….".

"못, 못 봤어?"

"네, 저는 못 봤는데요."

"송, 송아지를 못 봤어? 이, 이상하다…….".

아버지는 이제 나도 알아보지 못했다. 나에게서 엄마를 보고

있었다. 아버지가 보았다는 송아지는 무엇이었을까. 소는 조상을
뜻한다던데. 불길한 마음이 일었다.

   아버지는 그렇게 이틀을 더 평화롭게 누워있더니 사흘째 밤에
갑자기 병세가 악화하여 급하게 다시 중환자실로 실려 갔다. 일
상으로 돌아갔던 가족들이 또다시 우르르 모여들어 병상을 둘러
섰다. 이번에도 아버지는 한 사람 한 사람을 기억하겠다는 듯이
그 얼굴들을 눈으로 짚어가셨다. 그렇게 하룻밤을 보내고 아침이
밝자 습관처럼 병상에서 밤을 지킨 가족들은 또 제각각 흩어졌
다. 가족들이 모두 사라지고 또다시 병상은 성북동 어머니와 나
만 남았다. 병실이 조용해지자 아버지는 오히려 안정을 찾는 듯
보였다. 아버지는 손짓으로 산소마스크를 벗겨달라는 시늉을 했
다. 이제 와서 안 된다고 할 것이 무얼까 싶어 아버지가 원하는
대로 마스크를 벗겨주었다. 마스크를 벗은 아버지는 나와 성북동
어머니를 번갈아 한 번씩 쳐다보더니 들릴 듯 말 듯 한 목소리로
말했다.
   "저기, 어머니가 오셨어."
   성북동 어머니가 후둑 눈물을 떨어뜨렸다.
   "아버지……."
   나는 입술을 깨물며 힘겹게 뻗는 아버지의 야윈 손을 따뜻하

게 잡아주었다.

"저, 저기, 어, 어머니, 어머니가……."

아버지는 허공을 바라보며 환하게 한 번 웃더니 그대로 눈을 감았다. 그러고는 다시 눈을 뜨지 않았다. 나는 아버지가 눈을 감고도 한참 동안 그대로 아버지의 손을 꼭 잡고 있었다. 한참 동안 소리도 내지 못한 채 속울음을 울던 성북동 어머니가 내 손을 잡으며 말했다.

"가셨구나."

"네."

"평화로워 보이지?"

"네, 그래 보여요."

"그래, 고생 많이 하셨다. 이제 거기서 편안하시겠지?"

"그러실 거예요."

"의사 선생님 부르자."

"네."

내 눈에서도 후드득 뜨거운 눈물방울이 떨어져 내렸다.

'아버지…….' 이제야말로 진심으로 따뜻하게 아버지라고 부르고 싶어지는 건 무슨 일일까.

상복을 입고 마련된 빈소 한쪽 벽에 지친 몸을 기대고 앉아 아버지의 영정사진을 물끄러미 바라보고 있는데 누군가 다가와 내 손을 잡아주었다.

"어, 어머니."

시어머니가 먼 데서 와주었다.

"수혜야. 네 마음이 얼마나 아프겠니."

"어머니!"

나는 대답 대신 그냥 눈물을 떨어뜨렸다.

"그래, 아무 말 안 해도 된다."

"한국까지 와서 어머니께 전화 한 통도 못 드렸어요."

"경황이 없었잖니. 정섭이한테 다 들어서 안다. 다른 건 아무 것도 생각하지 말고 아버지 잘 보내드리고 우리는 나중에 천천히 다시 만나자."

시어머니는 나를 따뜻하게 안아주며 등을 쓸어주었다.

한쪽에서 빈소를 찾은 문상객들에게 인사를 하던 성북동 어머니가 내 곁으로 왔다.

"먼 데서 여기까지 와 주셨군요."

성북동 어머니가 곁에 선 시어머니를 발견하고 허리를 깊이 숙여 인사했다.

"얼마나 마음이 아프세요."

시어머니는 두 손으로 성북동 어머니의 손을 꼭 잡아주었다.

두 사돈이 결혼식 날 이후 이십여 년 만에 다시 만난 장소가 하필이면 빈소였다.

조용하고 평화롭게 떠난 아버지는 화창하고 아름다운 날에 물비늘이 눈부시게 빛나는 강물 위로 한 줌 재가 되어 떠나갔다. 영원히 편안하고 아름다운 그곳으로 영영 떠나갔다. 말없이 서서 흐르는 강물을 하염없이 바라보았다. 아주 오래전 어느 날 강물을 오래오래 바라보고 있던 아버지의 쓸쓸한 얼굴이 떠올랐다. 무심코 돌아보니 성북동 어머니도 무슨 생각을 하는지 잠잠히 하염없이 흐르는 강물만 바라보고 있었다. 바싹 마른 그 몸은 손가락으로 슬쩍 건드리기만 해도 바스러질 것 같았다.

"어머니."

가까이 다가가 뼈만 남아 앙상한 어머니의 손을 끌어다 잡아 주었다.

"수혜야."

어머니가 손에 힘을 주었다.

아버지의 두 딸, 정혜와 신혜는 각각 출가했고 딸린 식구들이 있었다. 시댁 눈치도 있고 무한정 친정 일에만 매달릴 수도 없는 노릇이라 하루 이틀 상간으로 제각각 제 가정을 찾아 돌아갔다. 이제 덩그런 성북동 집에는 검불 같은 성북동 어머니만 혼자 남았다. 어머니의 거취 문제로 정혜와 의논을 하려고 했지만, 어머니는 당분간 아버지와 함께 살았던 성북동 집에 그대로 남기를 원했다. 나는 차마 그 집에 어머니를 홀로 있게 둘 수가 없었다. 나는 며칠 더 그 집에 어머니와 함께 머물기로 했다. 함께 밥을 먹고 한방에서 잠을 잤다. 마치 아주 오래 함께 살아온 사람들처럼 함께 지냈다.

"내가 너를 이렇게 의지하게 될 줄은 몰랐구나. 네가 아니었다면 견디기 힘든 시간이었을 거다. 고맙다."

저녁 먹은 상을 물려 설거지를 마치고 마당에 서서 밤공기를 마시며 하늘을 올려다보는데 어느새 나와 곁에선 성북동 어머니가 말했다.

"아뇨. 제가 고맙죠. 아버지의 마지막 시간을 함께할 수 있어서 다행이었어요. 아버지의 빈자리를 제가 함께해 드릴 수 있어서 저도 좋았어요. 저에게 시간을 주셔서 고마워요."

다음날 우리 두 사람은 마주 앉아서 아버지의 오래된 옷들과 신발들과 그 밖에 아버지의 손때가 묻은 쓰시던 물건들을 하나씩 어루만지며 정리하기 시작했다. 아버지의 지나간 시간을 더듬어볼 수 있는 것이 좋았다.

"아버지가 마지막으로 입으셨던 옷이구나."

내가 낡은 양복 하나를 들었을 때 마주 앉은 어머니가 나를 건너다보며 말했다. 안주머니에 손을 넣자 표지가 해어진 오래된 수첩이 만져졌다. 수첩을 꺼내 들자 그 속에서 낡은 흑백 사진 한 장이 툭 떨어졌다. 사진을 집어 들자마자 나는 그만 와르르 눈물을 쏟고 말았다. 그것은 내 초등학교 입학식 날 아버지와 내가 둘이 함께 찍었던 유일한 사진이었다.

아직 못다 한 이야기

"내 걱정은 말고 고모님 댁에서 좀 쉬면서 몸 좀 추슬러라. 우린 천천히 만나도 돼."

아버지 때문에 미처 신경을 쓰지 못했던 시어머니께 전화를 건 내게 시어머니가 말했다.

"그래도 괜찮을까요?"

"안 괜찮을 게 뭐냐. 너 여독도 못 풀고 바로 아버지 수발드느라 애썼잖니. 내 걱정은 말아라."

"고맙습니다."

"고맙긴, 부모 자식 사이에."

마음이 따뜻해지는 말이었다. '부모 자식 사이.'

고모가 시외버스 터미널까지 마중을 나와 있었다.

"뭐 하러 나오셨어요? 혼자 찾아갈 수 있는데."

공연히 눈을 흘기며 내가 말했다.

"야야, 쪼끔이라도 빨리 보고 싶어서 안 나왔나?"

고모가 내 등을 쓸어주며 말했다.

"내가 그렇게 보고 싶어요?"

"와 안 그렇겠나? 인자 또 미국으로 가삐릴거 아이가."

이번에는 고모가 눈을 허옇게 뜨며 말했다.

"마음 좀 어떻노?"

시내버스 정류장에 멈춰선 고모가 내 얼굴을 살피며 물었다.

"편안해요."

아버지가 다시 볼 수 없는 그곳으로 떠난 건 마음이 아팠지만 오래 묵은 감정을 털어낸 내 마음은 편안했다.

"그라모 됐다."

고모가 고개를 끄덕였다.

"……."

때마침 버스가 도착해서 고모와 함께 버스에 올랐다. 버스가 시내를 벗어나 마을로 들어서자 정겨운 고향 풍경이 눈에 들어왔다. 그동안 아버지 때문에 경황이 없어서 그랬는지 미처 보지 못했던 풍경이다. 논밭이 있던 자리에 높은 아파트가 들어서 있었지만 그래도 구석구석 낯익은 풍경이 남아있었다. 늘 걸어서 지

나다니던 산모롱이 길까지도 이제는 버스가 들어갔다. 반가운 마음에 얼굴을 유리창에 바짝 들이대고 창밖 풍경을 내다보고 있었다. 차도 변에 노파 하나가 스쳐 지나갔다. 버스가 지나는 도로 가까이 굽어진 등으로 허적허적 걸어가는 노파의 모습이 위태로워 보였다.

"아이고 저 여편네 또 돌아댕긴다. 날이 궂을 때는 날궂이 하느라 그칸다 하지만도 오늘같이 맑은 날은 와 저러고 쏘다니노. 쯧쯧."

고모도 목을 빼고 노파의 뒷모습을 내다보며 혀를 찼다.

"고모 아시는 분이에요?"

내가 물었다.

"무실 댁 아이가. 태완이 어매. 니를 그래 지긋지긋하게 몬살게 굴었는데 기억 안 나나?"

"저분이?"

가슴이 덜컥 내려앉았다. 아직도 그 이름을 들으면 가슴이 내려앉을 줄 몰랐다.

"젊어서 그래 극성을 떨더니만 저래 몬쓰게 됐다."

"어디…… 편찮으세요?"

"아들이 장가 들어가 즈그 마누라하고 독일인가로 가서 살았고, 저 여편네 서방도 끝내 시장통 첩실 치마폭에서 안 죽었나.

사실 생각하모 참 불쌍한 여편네 지러. 혼자 오래 살아가 그랬는지 살짝 치매가 왔나 싶었는데 요새는 심해졌는지 혼자 헤실헤실 웃고 돌아 댕긴다."

고모의 말에 저만치 멀어져간 늙고 작아진 여인의 뒷모습을 다시 돌아보았다. 나를 찾아와서 눈에 독을 품고 악담을 쏟아내던 그 모습은 찾아볼 수가 없었다.

"하이고, 죽는다꼬 목을 다 매고, 그래 극성을 떠니 아들 팔자가 좋겠나? 저 여편네 아들, 태완이 홀애비 된 거는 알제?"

고모가 무심하게 말을 이었다.

"네? 태완이 홀아비가 됐다니요?"

내가 화들짝 놀라서 물었다.

"와, 신문에도 나고 했는데, 니는 몰랐나? 요새는 미국도 한국이나 한가지로 소식 다 들린다 카드만 니는 완전 소식이 깡통이네."

아닌 게 아니라 그동안 나는 한국 소식을 일부러 접하지 않고 살았다. 굳이 들춰서 듣고 싶은 한국 소식이 없기도 했고, 또 묻어두고 싶었던 나의 지나간 추억을 떠오르게 하고 싶지 않았던 탓도 있었다. 나는 마치 과거를 잃어버린 사람처럼 살았었다.

"한 십 년 된 것 같지 아마. 태완이 마누라가 자동차 사고로 죽었다 카드라. 그기 교통사고였다 카는데 독일 살던 아가 미국서 죽었다 카드라. 태완이 마누라가 꽤 알려진 집안 딸인갑더라. 한참 뉴스에 떠들썩했다 아이가. 독일에서 결혼생활 잘하고 있던 사람이 특별한 이유도 없이 혼자만 미국에 간 게 수상하다꼬 말이 많았데이. 자살 가능성이 있다고 한참 난리였데이. 태완이도 즈그 마누라가 미국 간 거를 사고 소식 듣고 알았다 카드라."

그러더니 고모는 누가 엿듣기도 하는 듯 갑자기 소리를 죽이면서 말을 이었다.

"듣기로는 자살이 확실하다 그카더라만. 에이, 또 모르제 워낙 남의 말 하는 것들을 좋아하니까. 동네 여편네들 쑥덕대는 소리 들었다. 그래 새장가도 안 들고 달랑 딸 하나 데불고 홀애비로 산다 카드만."

나는 눈을 질끈 감고 말았다. 미국에 사는 동안 서너 번 세아에게서 전화가 걸려왔었다. 내 연락처를 알려주지 않았는데 어떻게 알았는지 내가 근무하는 회사로 연락을 해 왔다. 건네받은 연락처가 독일 번호였지만 나는 한 번도 그녀에게 연락하지 않았다. 메모만 받아들었다가 그냥 쓰레기통에 넣어버렸다. 그러다가 한 십 년쯤 전에 점심 식사를 마치고 막 사무실에 돌아왔는데 안내 데스크 직원이 세아가 뉴욕에 와 있다는 메모를 전해주었다.

"미세스 홍, 점심 식사 나가신 동안 친구분에게서 연락이 왔어요."

"친구요?"

"네, 독일에 사는 친구분이 뉴욕에 와 계시다네요. 이름이, 가만있자, 재미난 이름이던데. 아, 맞아요. 'Say Ah~(아~ 하세요)'처럼 들리는 이름이었어요. 자, 여기 호텔 이름과 전화번호요."

세아가 왜 미국에 왔을까. 메모를 받은 내가 아무 말 없이 돌아서자 그녀는 다시 한번 못을 박듯이 말했다.

"꼭, 전화 달라고 하던데요."

나는 호텔 이름과 전화번호가 적힌 메모지를 오래 내려다보고 있다가 메모지를 그냥 쓰레기통에 넣어버렸다. 나는 그녀를 보고 싶지 않았다. 어떤 식으로든 태완과 다시 엮이고 싶지 않았다. 아무것도 모르는 세아를 바로 볼 자신도 없었고 그 애를 보면 잔잔해진 내 마음에 다시 풍랑이 일까 봐 겁이 났다. 그런데 세아는 그때 뉴욕에서 죽음을 맞았다는 것이다.

"사람들은 왜 자살로 추정하는 거죠?"

내가 떨리는 목소리로 물었다.

"내야 모르지 뭐. 여편네들 말을 듣자니, 뭐 태완이 결혼 전부터 좋아지내던 여자가 있었다카는 말도 있고. 팔자 도둑은 못한다 카더니 즈그 아부지 팔자를 물려받았던 모양이제. 장가들고도 그 여자를 못 잊었다 카드라. 마누라한테 무심했다꼬 하드라만 낸들 아나, 한국도 아이고 독일 가서 산다카는 아아들이 우찌 사는줄 내가 우예 알것노. 사람들이 그랬다 카니까 그런갑다 카는 기지 머."

"태완이…… 예전 여자를 못 잊었대요?"

"뭐 사람들 말이 그라데. 즈그 마누라가 태완 갸가 숨겨둔 일기장을 발견했다 카드만. 거기에 아주 구구절절 옛날 여자를 사무치게 그리워 했다드만. 뭐 동네 여편네들 말이제 누가 그 일기장을 보기나 했것나."

나는 그만 눈을 질끈 감아버리고 말았다.

"사람들 말이 태완 갸가 즈그 처갓집에서 입지가 말이 아닌가 보드만. 즈그 마누라가 외동딸인데 마음이 딴 데 가 있는 사람하고 살믄서 맘고생이 얼마나 심했것노. 그라고 즈그 살던 독일도 아이고 식구들도 없이 혼자 미국까지 가서 사고로 죽었으니 그 친정 아부지가 좋다 카것나. 그래도 딸 아가 하나 있으니, 즈그 손녀보고 그만치 대우 해준다 카더만."

"아직도 독일에 산대요?"

"어데. 즈그 마누라 죽고 곧 한국으로 들어와 산다. 처음에는 처가에 산다카드니, 즈그 어매가 저 모양이니께 서울로 불러가 함께 살라꼬 분가했다 카더라. 저 여편네가 고집을 피우고 안 간다 카데."

"……."

256

"하는 수 없이 간병인 붙여놓고 혼자 살게 두는데 한 번씩 저러고 혼자 어델 쏘다닌다. 정신이 온전치도 않은 사람이 혼자 다니믄 위험할 낀데……. 그 집에 가서 알려줘야겠네."

"부끄러븐 말이지만, 구신은 뭐하고 저 여편네 안 잡아가나. 했었다. 여편네가 얼마나 극성을 떨었드노. 그런데 이제와 저러구 돌아댕기는 걸 보니까 불쌍하다 아이가. 생각해 보믄 딱하지 않은 인생이 읎다카이."

'딱하지 않은 인생이 어디 있을까…….'

세아는 그때 왜 나를 찾아왔던 것일까. 그때 태완과 나와의 관계를 알아차렸던 것일까. 내가 그때 세아를 만났더라면 그녀의 죽음을 막을 수 있었을까. 자살이란 말과는 도무지 어울릴 것 같지 않은 밝은 햇살 같았던 그녀의 미소가 떠올랐다. 그녀는 어떻게 그녀의 눈부신 미소를 버릴 수 있었던 것일까. 나는 왜 세아의 손을 잡아주지 않았던 것일까. 나는 왜 그들을 돌아보지 않았던 것일까. 나는 왜 그들을 용서하지 않았던 것일까. 아니, 나는 왜 그들에게 용서를 구하지 않았던 것일까. 그들을 배신한 건 나였을지도 몰랐다. 세아의 죽음을 알고 나자 나는 침통해졌다. 그동안 쌓였던 피로를 몸뚱이가 더는 견뎌낼 수 없었던 모양이다. 고모 집에 도착하자마자 몸살기가 돌아 저녁 먹기 전에 잠깐 쪽잠을 잔다는 것이 그만 그대로 쓰러져 앓기 시작했다.

"아이고, 야야 니 와이라노. 정신좀 차려 보래이."

고모가 연신 물수건을 빨아다 내 이마에 얹는 걸 나는 꿈결처럼 아득히 느끼고 있었다.

사람이 사랑이다

일주일쯤을 끙끙 앓고 나서야 겨우 몸을 추스르고 일어날 수 있었다. 시어머니를 찾아뵙기로 했다. 기차역에서 택시를 타고 순천 시내를 가로질러 낙안 읍성 조용한 주택가로 접어들었다. 그곳은 여전히 미로 같은 작은 골목들이 뚫려있었고 좁다란 골목 양쪽으로 고만고만한 집들은 마치 미니어처 마을을 보는 듯 정겨운 모습으로 늘어서 있었다. 집들마다 담장밖에 유홍초나 능소화 같은 꽃들이 흐드러진 화단을 갖추고 있는 것 또한 여전했다. 선명한 꽃들은 햇살을 잔뜩 머금어 쏘는 듯 강렬한 색채로 눈이 부셨다. 세월이 흐르고 많은 것이 달라졌지만 시어머니가 사는 곳은 세월이 비껴간 듯했다. 택시 기사가 내려주는 작은 여행 가방을 들고 오래전에 정섭과 함께 찾았던 그 푸른 대문을 마주하고

섰다. 대문의 푸른빛은 퇴색해 있었지만 대문 위에 얹은 슬레이트 지붕 위로 탐스럽던 덩굴장미는 그때와 마찬가지로 여전히 붉었다. 이곳은 모든 것이 그대로였다. 남편의 고향이었지만 어쩐지 마음이 푸근해지는 이곳은 나에게도 고향 같은 느낌으로 다가왔다. 예전과 마찬가지로 대문은 열려 있었다. 손으로 밀자 경첩에 기름칠이 필요한지 대문이 열리면서 삐거덕하는 소리가 났다. 잔디가 깔린 작고 아담했던 마당은 예전보다 더 작아 보였다. 한쪽으로 옥상으로 오르는 계단이 보였고 옥상으로 올라가는 층계참에는 여전히 앙증맞은 장독대가 있었다. 나팔꽃 넝쿨이 휘감겨 있는 계단의 난간은 군데군데 녹이 슬었고 칠이 벗겨져 있었다. 모든 것이 그대로인 것 같으면서도 주변의 모든 것들이 세월의 흔적을 말해주고 있었다.

"어머니?"

마루를 둘러싸고 있는 소박한 유리문을 밀어 열며 어머니를 불렀다. 집 안에는 사람이 없는 모양이었다. 유리알같이 반들반들하고 정갈하게 정돈된 빈 마루만 나를 맞아 주었다. 마루 위에 가방을 내려놓고 나는 그대로 몸을 돌려 뒤꼍으로 향했다. 어머니는 여전히 뒤꼍에 텃밭을 가꾸고 있는 모양으로 고추며 오이며 호박이 주렁주렁 열려 있었다.

"어머니?"

얼핏 아무도 없는 듯 보였지만 어머니가 안쪽 상추밭에서 허리를 굽히고 상추를 따고 있었다. 소리 나지 않게 뒤쪽으로 다가가 몸집이 작은 여인의 뒤쪽으로 갔다. 어머니를 놀래줄 참이었다.

"어머니!"

"어이구머니나, 벌써 왔구나. 너 올 시간 맞춰서 점심 먹으려고 상추 따는 참이다."

어머니는 몸을 일으키더니 환하게 웃었다.

"안 그래도 작은 얼굴이 반쪽이 되었구나. 애썼다."

"네."

어머니는 나를 한 번 힘 있게 안아주었다. 나도 어머니 등 쪽으로 팔을 감아 힘껏 안아드렸다.

"들어가서 밥 먹자. 내가 너 오면 먹으려고 밥도 안쳐놓았고 상도 차려놓았다."

어머니는 상추와 풋고추가 담긴 소쿠리를 옆구리에 끼며 말했다.

"제가 들게요."

앞장서서 걸어가는 어머니의 뒤를 따르며 나는 황급히 어머니의 옆구리의 소쿠리를 당겼다.

"무에 무겁다고."

어머니가 기분 좋은 미소를 지었다. 정섭의 미소와 많이 닮아 있었다.

새로 지은 따끈한 밥을 신선한 상추에 싸 먹는 맛은 일품이었다. 얼마나 맛이 있는지 눈 깜빡할 새에 한 공기 반이나 먹었다. 근래 들어 이렇게 입맛이 좋았던 적이 없었다.

"많이 먹어라. 살 좀 찌워서 가거라."

어머니는 게걸스럽게 먹는 나를 보며 웃었다.

"어머니 산책하러 나갈까요?"

밥상을 물리고 설거지를 마친 내가 어머니에게 팔짱을 끼며 응석을 부렸다.

"산책? 그러자꾸나."

"예전에 갔던 초가마을 구경 가요. 초가마을 아직도 여전하죠?"

"초가마을, 여전히 있기야 있지마는 이제는 관광객이 많아져서 예전같이 조용하진 않아."

어머니의 팔짱을 끼고 천천히 걸었다. 모처럼 평화로운 기분이 들었다.

"어머니, 언제나 그 자리에 계셔 주셔서, 늘 따뜻하게 지켜봐 주셔서 고마워요."

"그런 게 부모가 할 일 아니냐."

어머니는 언제나 그런 사람이었다. 그리고 정섭은 어머니의 그런 면을 그대로 닮았다. 가슴이 뭉클했다. 정섭은 내가 절망에 빠졌을 때 그 절망의 고독한 섬에서 나를 구원해준 사람이었다. 정섭과 가족을 이루고 나서야 가족은 따뜻한 둥지이며 서로에게 힘이 될 수 있는 거라는 걸 알게 되었다. 그를 만나고 나서 비가 오는 날 우산을 들고 그가 내릴 버스 정류장에 혼자 서 있어도 당당할 수 있었다. 그는 그렇게 나를 세워주고 성장시켜준 사람이었다. 어머니는 그런 그를 낳아주신 분이었고 그 사람을 그렇게 키워주신 분이었다. 나는 그것 하나만으로도 어머니께 늘 감사했다. 나에게 정섭을 선물해 주신 분이었다. 나를 행복하게 만들어 주신 분이었다.

"어머니는 왜 여기서 혼자 사세요? 저희랑 함께 살고 싶진 않으세요?"

"난 여기가 좋다. 여긴 네 시아버지와 오래 함께 살았던 곳이고 정섭이를 낳고 기른 곳이다."

"외롭지 않으세요?"

"외롭긴. 기억이 있으면 외롭지 않아."

"기억?"

"넌, 아버지 마지막 가시는 길 잘 지켜드렸냐?"

어머니가 가만히 내 얼굴을 바라보더니 나직하게 물었다.

"네. 아버지의 마지막을 지켜드릴 수 있어서 다행이었어요. 이제야 겨우 아버지를 이해하고 사랑할 수 있게 되었는데 아버지는 이제 가고 안 계시네요."

"사람 사는 게 원래가 그런 법이란다. 중요한 건 언제나 때를 놓쳐서야 깨닫게 되지."

"마음이 아파요."

"마음 아파하지 마라. 그건 네 아버지가 바라시는 게 아니야."

어머니가 내 손등을 두드리며 말했다.

"아버지가 마지막 입으셨던 옷에서 제 사진이 나왔어요. 아버지는 저를 끝까지 사랑해 주셨어요."

"부모니까. 부모는 그런 거다."

"네."

나는 고개를 끄덕였다.

"그래, 너희들 사는 얘기 좀 해 보거라. 애들 잘 있지?"

내가 착잡한 표정을 짓자 어머니는 화제를 바꾸려는 듯했다.

"음……. 저희는 다 좋아요. 아범 하는 일도 잘되고 있고, 저도 잘 지내고요. 가을이가 점점 더 아범을 닮아가요. 키도 아범만큼 컸고요, 공부도 곧잘 하고 음악에도 재능이 있는 것 같아요. 얼마 전에 학교 대표로 뽑혀서 큰 무대에서 연주도 했는걸요."

나는 좀 수다스러워졌다.

"그랬구나."

"그런데 가을이가 입이 좀 짧아서 걱정이에요. 그건 아범을 안 닮은 모양이에요. 남자가 입이 짧으면 안 좋은데."

"나아지겠지. 네가 골고루 먹을 수 있게 잘 도와줘야겠구나."

"네, 그러려고 노력하는데 쉽지 않아요."

"부모 노릇을 하는 게 쉽지 않지."

"그런데요 어머니, 가을이가요."

"얘야."

어머니는 갑자기 걸음을 멈추더니 내 눈을 가만히 들여다보았다.

나도 의아해서 눈을 동그랗게 뜨고 어머니의 눈을 마주 보았다.

"새롬이는?"

시어머니가 나의 첫아이 새롬이를 물으셨다.

"……."

오래전 처음 어머니를 만났던 그 날 불러온 아랫배를 감추느라 블라우스 자락을 끌어내리던 일이 떠올랐다. 그때와 똑같은 심정으로 가슴이 쿵 내려앉았다.

"내 첫 손녀 새롬이는 어떻게 지내느냐?"

"아, 새롬이요? 아, 그러니까 새롬이는…….."

나도 모르게 말을 더듬거렸다.

"너는 늘 가을이 얘기만 하지 통 새롬이 얘기를 하지 않더구나. 새롬이도 어떻게 지내는지 나는 궁금해."

어머니가 따뜻한 눈빛으로 내 얼굴을 바라보았다.

"새롬이……."

나는 말문이 막혀버렸다. 어머니의 따뜻한 눈빛 앞에서 나는 그만 울컥 눈물이 터져 버렸다.

"어머니, 새롬이는요, 저에게 새로운 인생을 선물해 준 아이예요. 죽고 싶었을 때 그 애가 제게 다시 살 힘을 주었죠. 그 애는 저에게 비로소 안정을 가져다준 아이예요. 그 아이를 낳고 키우면서 엄마가 저를 어떤 마음으로 낳았는지, 어떤 마음으로 키웠는지, 저를 낳아준 엄마의 마음을 처음으로 이해할 수 있게 되었어요. 그 애를 낳고 나서야 저는 마침내 비로소 온전하게 이 세상에 뿌리를 내릴 수가 있었어요. 오랫동안 둥둥 떠다니는 부초 같은 인생을 살았거든요. 새롬이를 낳고 나서 제가 마침내 세상에 안착을 할 수가 있었어요."

눈물이 뺨을 타고 흘러내렸다.

"그랬구나. 우리 새롬이가 그랬구나."

어머니는 내 뺨에 흐르는 눈물을 닦아주며 말했다.

"어머니, 어머닌 처음부터 알고 계셨죠. 제가 처음 어머니를 뵈러 왔던 그 날 어머니는 이미 알고 계셨죠."

"그래, 알고 있었다. 너를 처음 보았는데, 안색이 아주 안 좋더구나. 단박에 네가 아기를 가졌다는 걸 알았지. 네가 자꾸 옷자락을 끌어 내리는 걸 보면서 임신 사실을 감추려 한다는 걸 알았지."

"⋯⋯."

"만난 지 얼마 안 되었다는 걸 아는데 배가 불러있으니 기가 막혔지."

"⋯⋯."

나는 두 손에 얼굴을 묻고 길에 털벅 주저앉았다.

"인제 와서 널 탓하려는 게 아니다."

"죄송해요, 어머니. 그때는 솔직하게 말씀드리는 게 두려웠어요. 정섭 씨를 다시 놓치게 될까 봐 두려웠어요."

"아니다. 다 지난 일인 걸. 그때는 나도 미안했다. 새롬인 처음부터 정섭이 딸이었고 누가 뭐래도 내 첫 손녀다. 네가 그 애를 사랑하는 만큼 나도 그 애를 사랑한다."

"어머니⋯⋯."

"울지 마라. 다 큰 애가 울긴."

어머니가 장난스럽게 웃고 있었다.

"어머니, 저는 왜 여태 그런 걸 몰랐을까요? 저는 사람들이 무서웠어요. 세상 사람들이 모두 저를 버렸다고 생각했어요. 그런데 이제야 알았어요. 저는 한 번도 버려진 적이 없었어요. 그들은 하나같이 저를 지켜주고 있었어요. 여기 이렇게 제가 살아있는 것은 그들 모두가 저를 붙들어 주고 지켜주었기 때문이에요. 저를 낳아준 엄마가 그랬고, 더러운 오명을 뒤집어쓰고도 끝까지 지켜준 아버지가 그랬고 의지가지없는 저를 키워준 고모와 고모부가 그랬어요. 절망에 빠진 저를 구원해준 정섭씨도 그 모든 것을 알고도 말없이 지켜봐 주신 어머니도 저에겐 모두 기적 같은 사랑이에요."

"그랬구나. 모두가 너를 끔찍하게 사랑해 주신 분들이구나. 사람이 사랑이지. 사랑스럽지 않은 사람이 어디 있겠니. 사람이야말로 사랑이고말고."

어머니는 나를 일으켜 세우더니 힘껏 안아주었다. 나는 따뜻한 그 품에 안겨서 오래오래 울었다. 내 속의 모든 더러운 것들이 다 씻겨나가는 것처럼 개운한 마음이 되었다. 둘러보니 길섶에 핀 꽃 한 송이, 풀 한 포기마저도 사랑스럽지 않은 것이 없었다.

성북동 아버지

초판 1쇄 인쇄일 •2021년 5월 20일
초판 1쇄 발행일 •2021년 5월 25일

지은이 •장은아
펴낸이 •임성규
펴낸곳 •문이당

등록 •1988. 11. 5. 제 1−832호
주소 •서울시 성북구 동소문로 65−2 삼송빌딩 5층
전화 •928−8741~3(영) 927−4990~2(편)
팩스 •925−5406

ⓒ 장은아, 2021

전자우편 munidang88@naver.com

ISBN 978−89−7456−536−7 03810